WILLIAM P. YOUNG

A C...
RE...
PARA CADA DIA DO ANO

"Posso tocar seus olhos?..."

SEXTANTE

Nota ao leitor

Quando propuseram que eu escrevesse este livro de respostas (ou de reflexões, se você preferir) a trechos de *A cabana*, não aceitei de imediato. Sempre resisti à ideia de produzir uma espécie de guia de estudos para esse romance, especialmente por se tratar de uma obra de ficção que, assim espero, dá às pessoas a oportunidade de ouvir o que o Espírito gostaria de sussurrar aos seus corações, em qualquer ponto de suas jornadas. Um guia costuma apresentar os trechos mais populares ou proveitosos para o leitor. Mas isso às vezes pode dar a sensação de que o que antes era um rio se tornou um canal construído pelo homem e que conduz a uma só direção.

Este livro, portanto, não é um guia de estudos. Não há perguntas esperando por uma resposta pronta, por um objetivo oculto ou pelo desejo de levar o barco até algum porto predeterminado. Quem decidirá o valor destes trechos e reflexões é você, leitor. Eu não o conheço. Não sei o que se passa em sua vida – quais são seus desafios e alegrias. Você pode estar no centro de uma catástrofe ou no olho do furacão. Pode estar relaxando à margem de um rio antes de mergulhar e deixar-se levar pela correnteza. Pode estar se sentindo sozinho ou desesperado, ou até eufórico e cheio de adrenalina por causa de algum sucesso. Simplesmente não sei. O que sei é que estes trechos foram retirados de uma história verdadeiramente humana, e por isso temos muito em comum – os mesmos questionamentos e processos. Assim, este livro convida você a parar por um instante, refletir, ponderar, abrir a mente, orar, ficar em silêncio, chorar, rir, compartilhar.

No final há uma lista de amigos que me ajudaram a "refletir" sobre cada trecho. Somos um grupo de pessoas normais de diferentes idades, origens e interesses, mas temos em comum com você, caro leitor, nossa humanidade e o que cada um traz de único e especial.

Agradeço desde já por você permitir que eu e alguns amigos nos intrometamos em seu mundo, e por querer fazer parte, junto conosco, de uma comunidade que deseja mais... Mais luz, mais amor, mais verdade, mais bondade, mais gentileza, mais liberdade. Juntos, sempre seremos maiores do que a soma de nossas partes.

William Paul Young,
autor de *A cabana*

1º de JANEIRO

Mackenzie, já faz um tempo. Senti sua falta. Estarei na cabana no fim de semana que vem, se você quiser me encontrar. – Papai

Por favor, me dê ouvidos para escutar seu convite e coragem para acompanhá-lo a lugares que eu preferiria evitar. Ah, e Feliz Ano-novo!

2 de JANEIRO

Quem não duvidaria ao ouvir um homem afirmar que passou um fim de semana inteiro com Deus e, ainda mais, em uma cabana?

Você é um mistério tão grande para mim que nem cabe dizer que seus caminhos estão acima dos nossos caminhos e de nossos pensamentos. Tento me abrir da melhor maneira possível ao que você deseja fazer em minha vida, mesmo quando não consigo compreender. Eu acredito, mas, por favor, ajude-me a esclarecer minhas dúvidas e reforçar minha fé.

3 de JANEIRO

Prefiro dizer que, mesmo que algumas coisas não possam ser cientificamente provadas, talvez sejam verdadeiras.

Você fala o tempo todo sobre amor, confiança e relacionamento, mas eu quero provas. Confesso que jamais encontrarei em um tubo de ensaio o que realmente importa para mim, mas desejo aceitar as evidências que as provas parecem me oferecer. Desejo também acreditar. Por favor, me socorra!

4 de JANEIRO

Preciso afirmar honestamente que fazer parte desta história me afetou de modo profundo, revelando detalhes meus que eu desconhecia. Confesso que desejo desesperadamente que tudo o que Mack me contou seja verdade.

Minha nossa, como eu ainda sou descrente! Sei que você vê minha fé do jeito que ela realmente é, e sabe que eu quero ter mais confiança. Sim, eu acredito... mais do que nunca. Mas será que você poderia me abraçar com carinho, mesmo quando tenho dúvidas e pareço desconfiado?

5 de JANEIRO

Mack gostaria que eu lhe transmitisse o seguinte recado: "Se você odiar esta história, desculpe, ela não foi escrita para você." Mas quero acrescentar: afinal, talvez tenha sido.

A ideia de lhe pedir que construa a verdade dentro de mim a qualquer custo me enche de medo. Tenho quase certeza de que irei odiar encará-la. Mesmo assim, estou aqui, pedindo... e por que estou chorando agora? Isso parece uma grande idiotice, mas, por favor, ignore o meu medo e me dê o que é bom.

6 de JANEIRO

Queria uma narrativa que o ajudasse a expressar para eles a profundidade de seu amor e que os ajudasse a entender o que se havia passado em seu mundo interior. Você conhece o lugar: é onde você está sozinho – e talvez com Deus, se acredita Nele. É claro que Deus pode estar lá, mesmo que você não *acredite. Esse seria bem o jeito de Deus.*

E pensar que você está no meu "mundo interior", no meu lugar secreto. Diga-me que gosta de estar aí comigo, mais até do que eu mesmo.

7 de JANEIRO

Acho que, assim como a maior parte das nossas feridas tem origem em nossos relacionamentos, o mesmo acontece com as curas, e sei que quem olha de fora não percebe essa bênção.

Não entendo como você traz a cura para a minha vida ou como funciona a graça. Você sabe de onde eu venho, e por que a confiança é tão difícil para mim. Ajude-me a crescer, a acreditar que você é sempre bom e sempre fará o melhor.

8 de JANEIRO

O que acontece é que as coisas que ele diz causam um certo desconforto em um mundo onde a maioria das pessoas prefere escutar o que está acostumada a ouvir, e isso frequentemente não é grande coisa. Quem conhece Mack geralmente o adora, desde que ele mantenha guardados seus pensamentos.

Muitos de nós estamos morrendo de medo e nos agarramos a qualquer coisa que nos tranquilize e traga conforto. Quem quer se sentir mal e desconfortável, especialmente quando todos o chamam de louco por fazer perguntas e abalar a ordem estabelecida? Por favor, seja a coragem dentro de mim.

9 de JANEIRO

Era assim. Papai era o nome com que Nan se referia a Deus e expressava o deleite que lhe provocava sua amizade íntima com ele.

Ainda tenho muito a aprender, mas como quero me sentir confortável em seu amor, sussurre seu nome em minha alma, aquele nome que só nós dois conhecemos.

10 de JANEIRO

O coração de Mack foi subitamente inundado por uma alegria inesperada. Um pôr do sol de cores e padrões brilhantes destacava as poucas nuvens que haviam esperado nas coxias para se tornarem os atores centrais nessa apresentação única. Ele era um homem rico, pensou, em todos os sentidos que mais importavam.

Obrigado pelos momentos que parecem atravessar nossa mente e alcançar o que há de mais profundo e precioso dentro de nós, fazendo-nos contemplar o que é verdadeiro e real, e que entoam um canto dizendo que a vida é boa. Abra meu coração e me cure.

11 de JANEIRO

Mack era capaz de ficar horas deitado olhando aquela vastidão. Sentia-se incrivelmente pequeno, mas em paz. De todos os lugares em que a presença de Deus se fazia sentir, era ali fora, rodeado pela natureza e sob as estrelas, que ela parecia mais real.

"Ali fora" quer dizer longe da religião e de suas incessantes exigências e promessas vazias? "Ali fora" para poder chorar, ser autêntico, ter vergonha, sentir-se livre para ser conhecido, aceito e até mesmo insignificante?

12 de JANEIRO

[O Grande Espírito] é um bom nome para Deus, porque ele é um espírito e é grande.

Hoje, "Grande Espírito" é vago demais para mim. Preciso de uma Pessoa que me conheça e me ame; que me diga que, de alguma forma, tudo dará certo, que eu não preciso entender o que acontece, que posso abrir mão do controle, que ela está me segurando com firmeza e que eu não sou forte o suficiente para expulsá-la da minha vida. Hoje, é disso que preciso.

13 de JANEIRO

– Papai?
– Sim, querida?
– Algum dia eu vou ter de pular de um penhasco?
– Não, querida. Nunca vou pedir para você pular de um penhasco, nunca, nunca, jamais.

Embora eu me sinta grato por você não exigir sacrifícios religiosos, compreendo que o crescimento envolve correr riscos. Por isso quero que saiba que, por mais aterrorizante que me pareça, estou disposto a saltar e aprender a confiar que você vai me receber em seus braços.

14 de JANEIRO

Hipnotizado pelo fogo e envolvido por seu calor, ele orou, principalmente orações de agradecimento. Tinha consciência dos privilégios que recebera. Bênçãos provavelmente era a palavra certa. Estava contente, descansado e em paz. Mack não sabia, mas em menos de 24 horas suas orações mudariam. Drasticamente.

Obrigado por não querer que eu veja o futuro! Se eu o fizesse, viveria nas sombras da "tristeza e tragédia iminentes" e não conseguiria usufruir o "agora", com tudo de bom que ele tem a oferecer. Obrigado, obrigado, obrigado!

15 de JANEIRO

É estranho como um ato ou acontecimento aparentemente insignificante pode mudar vidas inteiras.

Obrigado pelos momentos que, apesar de fugazes, conseguimos perceber. Obrigado por promover acontecimentos aparentemente insignificantes que nossa cegueira nos impede de enxergar. Obrigado por se importar tanto conosco!

16 de JANEIRO

Agora só lhe restava orar:
— Santo Deus, por favor, por favor, por favor, cuide da minha Missy, proteja-a, não deixe que nada de mau lhe aconteça.
Lágrimas descem por seu rosto e molham a camisa.

Às vezes fico furioso com minha própria impotência, com minha total incapacidade de proteger do sofrimento aqueles que amo. Por favor, encontre-me no meio dos meus fracassos e da minha fúria, e enxergue meu coração.

17 de JANEIRO

Pouco depois do verão em que Missy desaparecera, a Grande Tristeza havia pousado nos ombros de Mack como uma capa invisível, mas quase palpável. O peso daquela presença embotava seus olhos e curvava seus ombros.

"Ainda que eu ande pelo vale da sombra da morte" (Salmos 23:4). Não tenho a intenção de ficar preso nesse lugar. Encontre-me em minha solidão e desespero. Sinto dificuldade em encontrar você.

18 de JANEIRO

Em algum ponto do processo, Mack procurou emergir da dor e do sofrimento, pelo menos com sua família. Eles haviam perdido uma irmã e uma filha e seria terrível também perderem um pai e um marido.

Por favor, preciso da sua força, do seu incentivo, da sua determinação. Sinto-me como se não tivesse mais nada. Por favor, ajude-me a fazer a coisa certa.

19 de JANEIRO
Mack, porém, levou muito mais tempo para se livrar de todos os "se" que o levavam ao desespero.

Às vezes não são as consequências das minhas escolhas erradas que mais pesam em meu coração, mas as acusações esmagadoras do arrependimento que me fazem imaginar que eu poderia ter agido de forma diferente. Ajude-me a aceitar minha verdadeira tristeza e a encontrar você nela.

20 de JANEIRO
Algumas vezes a honestidade pode ser incrivelmente complicada.

Quero dizer sempre a verdade, doa a quem doer, e não culpar os outros ou inventar desculpas para meus próprios atos. Ajude-me a ter a coragem de não disfarçar minhas respostas em benefício próprio ou para me proteger. Que meu sim seja um sim e meu não seja um não.

21 de JANEIRO
– Espera, você está achando mesmo que isso veio de Deus?
– Não sei o que pensar disso... Sei que parece loucura, mas de algum modo me sinto estranhamente tentado a descobrir.

Confesso que preferiria a certeza daquilo que julgo saber ao desconforto capaz de me levar a uma vida que desconheço. Mas, ainda assim, sinto que você me convida para algo maior, para o mistério, para...

22 de JANEIRO
E por que na cabana – o ícone de sua dor mais profunda? Certamente Deus teria lugares melhores onde se encontrar com ele.

Obrigado por me amar com uma tenacidade que não me deixa evitar indefinidamente os lugares associados às minhas dores e mágoas mais profundas, sobretudo aquelas que eu não acredito que possam ser curadas. E se vou enfrentá-las, conto com sua presença ao meu lado. Se não for assim, é melhor esquecer.

23 de JANEIRO
Era como se a comunicação direta com Deus fosse exclusividade dos povos antigos e não civilizados. Mas ninguém queria um Deus confinado, a menos que estivesse em um livro.

Adoro o fato de você não estar apenas num livro, num lugar, numa canção, numa ideia, ou numa imagem. Quero ouvi-lo em toda parte, a todo momento. Por favor, continue a me curar para que eu possa fazê-lo.

24 de JANEIRO
Talvez ele tenha uma luz muito forte ou apareça no meio de uma sarça ardente. Sempre o visualizei assim, como um avô, com uma barba longa e ondulante.

Sei que nada do que existe é possível sem você. Embora saiba que talvez jamais venha a conhecer sua verdadeira forma, percebo sua presença em meu próprio ser: nas batidas do meu coração, na alegria dos meus passos e no toque de outra pessoa. Eu o descubro mais claramente em Jesus. Você está mais próximo de mim do que minha própria respiração.

25 de JANEIRO
– Estou aqui, Deus. E você? Não está em lugar nenhum! Nunca esteve quando precisei...

Começo a perceber que vinha esperando a chegada do deus errado, do deus que é um ser criado pela minha religião, pela minha cultura e pela minha mágoa mais profunda. Ajude-me a me unir a Jesus para combater todas as fantasias geradas pelo meu rancor, e para começar a crer que esse deus em quem não confio nem sequer existe.

26 de JANEIRO
O que você faz quando chega à porta de uma casa – ou de uma cabana, neste caso – onde Deus pode estar?

Estou tão habituado a pensar que você não me conhece que, quando vou à sua casa, acho que preciso estar vestido formalmente e usar as palavras certas. Então descubro que tudo o que você sempre quis era o meu coração, mas como isso não me parece suficientemente valioso, uso minhas melhores roupas e tento me expressar da maneira correta... Perdoe-me.

27 de JANEIRO
– Minha nossa, como eu amo você! – Papai

Obrigado por ser o amor que criou o Universo e que não sabe ser de outra forma.

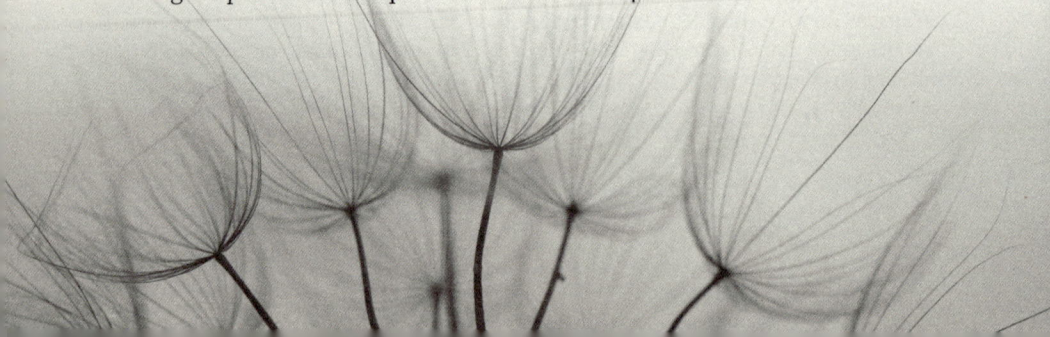

28 de JANEIRO

Mack ficou sem fala. Em poucos segundos aquela mulher havia rompido praticamente todas as convenções sociais atrás das quais ele se entrincheirava com tanta segurança. Mas algo no seu olhar e na maneira como ela dizia o seu nome o deixou deliciado, mesmo não tendo a menor ideia de quem se tratava.

Sim, é deste jeito que eu sou: totalmente perdido a maior parte do tempo. Mas quero tanto ser chamado e abraçado por alguém que me ame! Será que você é esse alguém? Meu coração clama pedindo que seja, que só possa ser.

29 de JANEIRO

De repente foi dominado pelo perfume que exalava da mulher, e isso o sacudiu. O cheiro que jorrava e a lembrança que vinha junto o fizeram cambalear. Podia sentir o calor das lágrimas em seus olhos, como se estivessem batendo à porta de seu coração. A mulher percebeu.

Por favor, continue dizendo que me conhece e que eu posso conhecê-lo em um lugar mais profundo do que todos os meus medos. E deixe minhas próprias lágrimas anunciarem a verdade para mim, mesmo de maneiras que minha mente racional não consiga entender.

30 de JANEIRO

– Tudo bem, querido, pode deixar que elas saiam... Sei que você foi magoado e que está com raiva e confuso. Então vá em frente e ponha para fora. É bom para a alma deixar que as águas rolem de vez em quando, as águas que curam. – Papai

Obrigado pela dádiva das lágrimas, especialmente nesses momentos em que elas são mais do que mera exaustão e anseio. Obrigado pela ternura que você está fazendo nascer em minha alma e que permite que as lágrimas surjam e se expressem.

31 de JANEIRO
Reuniu todas as forças possíveis para evitar cair de volta no buraco negro das emoções.
– Não está pronto? – reagiu [Papai]. – Tudo bem, vamos fazer as coisas no seu devido tempo.

Às vezes tenho um vislumbre do seu cuidado e fico impressionado com a ternura do seu toque, com sua maneira gentil de escolher o momento certo, com a graça da sua compreensão, com a forma como me leva a sério, com seu convite para me juntar a você. Às vezes vejo a maneira como olha para mim, e fico surpreendido. Ela me faz sorrir!

1º de FEVEREIRO
Há ocasiões em que optamos por acreditar em algo que normalmente seria considerado irracional. Isso não significa que seja mesmo irracional, mas sem dúvida não é racional.

Confesso que tenho um impulso quase irresistível de controlar minha vida através da razão e da racionalidade, de viver dentro da minha mente. Ensine-me a sair da minha cabeça para poder penetrar em minha vida.

2 de FEVEREIRO
Talvez exista a suprarracionalidade... Algo que só faz sentido se você puder ver uma imagem maior da realidade. Talvez seja aí que a fé se encaixe.

Às vezes fico preso demais aos detalhes e perco de vista o quadro mais amplo. Esqueço. Preciso de um novo olhar. Preciso me lembrar.

3 de FEVEREIRO

— Há mais de vocês? — perguntou meio rouco.
Os três se entreolharam e riram. Mack não conseguiu evitar um sorriso.
— Não, Mackenzie — riu a negra. — Somos tudo o que você tem e, acredite, é mais do que o bastante.

Obrigado por me lembrar que você é mais do que suficiente, mesmo que, na maior parte do tempo, eu não acredite nisso. Sinto-me muito solitário quando começo a pensar que estou sozinho e que só posso contar comigo mesmo.

4 de FEVEREIRO

— Então qual de vocês é Deus?
— Eu — responderam os três em uníssono.
Mack olhou de um para o outro e, mesmo sem entender nada, de algum modo acreditou.

Eu quero que o meu ser inteiro conheça tudo de VOCÊ!

5 de FEVEREIRO

Mack o encarou, balançando a cabeça.
— Estou ficando maluco? Devo acreditar que Deus é uma negra gorda com um senso de humor questionável?
Jesus riu.
— Ela é uma piada! Adora surpresas e tem uma noção de tempo sempre perfeita.

Quero que você se encaixe na minha visão limitada. Quero controlá-lo, obrigá-lo a fazer o que desejo, mas você se recusa. Obrigado!

6 de FEVEREIRO

O homem recuou e a mulher asiática aproximou-se de novo, segurando seu rosto com as mãos. Gradual e intencionalmente, ela aproximou o rosto do dele e olhou no fundo de seus olhos... Então a mulher sorriu e seu perfume pareceu envolvê-lo...
De repente Mack sentiu-se mais leve do que o ar, quase como se não tocasse mais o chão.

Seja em que tempo for, quero estar face a face com você. Ó, Sopro Divino, liberte-me de todos os meus grilhões!

7 de FEVEREIRO

– Ah, não se incomode... Ela causa esse efeito em todo mundo.
– Gosto disso – ele murmurou, e os três irromperam em mais risos.
Agora Mack se pegou rindo com eles, sem saber exatamente por que e não se importando com isso.

Espírito Santo, você é a vida de tudo o que existe de bom em meu mundo. Obrigado pelos instantes de iluminação, pelas pequenas graças que me envia.

8 de FEVEREIRO

– Mackenzie, todos temos coisas que valorizamos a ponto de colecionar, não é...? Eu coleciono lágrimas.

Às vezes parece que meu pranto passa despercebido, que meu choro não tem importância, que ele cai como a chuva e desaparece no solo da vida. Saber que você recolhe minhas lágrimas é importante para mim. (Salmos 56:8)

9 *de* FEVEREIRO
– É por isso que você está aqui, Mack... Quero curar a ferida que cresceu dentro de você e entre nós. – Papai

Se você não é capaz de vencer a distância que criei entre nós, ou a ferida que causei, estou irremediavelmente perdido, sem qualquer esperança. Ajude-me a crer que você pode fazer isso.

10 *de* FEVEREIRO
– Não se sinta obrigado. Vá, se for isso que você quer fazer. – Papai

Durante toda a minha vida estive preso a obrigações, e agora você diz que é a *mim* que ama, e não o meu desempenho? A religião, por mais exigente que seja, me parece mais segura. Por favor, seja a minha força para assumir os riscos inerentes à fé, e para começar a confiar em nosso relacionamento. É isso que eu *quero*.

11 *de* FEVEREIRO
– Você não deve fazer nada. Está livre para o que quiser – falou Jesus.

Está ouvindo este som? Sou eu gritando dentro da cela da minha religião, é o som da minha alma sufocada pela culpa, pela vergonha e pelo fracasso de não ser o que achava que deveria ser. Encontre-me, por favor, e me liberte.

12 de FEVEREIRO

– *Deus?*
– *Estou na cozinha, Mackenzie. Basta seguir minha voz.*

Mas há tantas vozes, tanta estática e tanto barulho. Como saberei qual é a sua? Você sabe que só consigo ouvir a partir de 10 decibéis, não sabe? Você não está falando comigo nem a 9,9, e se aborrece por eu não conseguir ouvi-lo, não é mesmo?

13 de FEVEREIRO

Tinha certeza de que seu rosto traía as emoções que ele lutava para controlar e então enfiou tudo de volta no coração sofrido. Se ela conhecia seu conflito interno, não demonstrou nada pela expressão ainda aberta, cheia de vida e convidativa.

É mesmo? Eu fico me escondendo? Não dê importância, é um jogo que faço porque não sei o que se passa em seu coração, não acredito que esteja do meu lado. Perdoe-me, porque estou começando a aprender a não pensar dessa forma.

14 de FEVEREIRO

Ele viu imediatamente que ela entendia o que lhe ia na alma, e de algum modo soube que ela gostava mais dele do que qualquer outra pessoa jamais havia gostado.

Sou grato por saber que existe alguém neste vasto Universo que me conhece para além das minhas palavras. Muitas vezes não sei verbalizar quem eu sou ou como me sinto. Às vezes, o silêncio fala mais alto do que mil imagens. Obrigado por me conhecer.

15 de FEVEREIRO

– *Então Deus ouve funk?* – Mack nunca ouvira a palavra "funk" em qualquer contexto religioso...
– *Ora, veja bem, Mackenzie. Você não precisa ficar me rotulando. Eu ouço tudo e não somente a música propriamente dita, mas os corações que estão por trás dela.*

Estou descobrindo que o único motivo para encontrá-lo nos lugares mais inesperados é porque você quer estar onde eu estou. Obrigado!

16 de FEVEREIRO

– *Esses garotos não estão dizendo nada que eu já não tenha ouvido antes. Sentem muita raiva e, devo dizer, com um bocado de razão. São só alguns dos meus meninos se mostrando e fazendo beicinho. Gosto especialmente desses garotos.* – Papai

Como é que você pode gostar de algo imperfeito como eu? Essa é a pergunta que vem de uma alma dominada pela culpa e que ainda não despertou para o seu amor inconcebível. Você me conhece, sabe de onde vim, para onde vou, e como chegaremos lá.

17 de FEVEREIRO

Sentia-se subitamente sem palavras e todas as suas perguntas pareciam tê-lo abandonado. Por isso declarou o óbvio:
– *Você deve saber que chamá-la de Papai é meio complicado para mim.*
– *Ah, verdade?* – *Ela olhou-o fingindo surpresa.*

Ensinaram-me durante toda a minha vida a chamá-lo de nomes que o mantinham longe de mim – "Deus Pai", "Todo-Poderoso", "Santíssimo". Por isso, quando ouço Jesus chamá-lo de "Papai" eu me espanto. Ajude-me a encontrar um caminho para atravessar esse abismo.

18 de FEVEREIRO

Sentia que estava pendurado sobre um abismo sem fundo e teve medo de que, se deixasse algo daquilo sair, perderia o controle de tudo. Procurou uma base segura...
– Talvez porque nunca conheci ninguém a quem pudesse realmente chamar de papai.

Durante toda a vida, desenvolvi habilidades para sobreviver em um mundo onde, na melhor das hipóteses, eu era o inimigo e, na pior, não era nada. Então você chegou e, com sua gentileza, graça e amor, derrubou minhas defesas. Fico apavorado com a revolução que você provocou em minha vida.

19 de FEVEREIRO

– Se você deixar, Mack, serei o pai que você nunca teve.
A oferta era ao mesmo tempo convidativa e repulsiva. Ele sempre quisera um pai em quem pudesse confiar, mas não sabia se iria encontrá-lo ali, logo com alguém que não pudera proteger sua Missy. Um longo silêncio pairou entre eles. Mack não sabia direito o que dizer e ela parecia não ter pressa.

E se eu me arriscar a confiar em você e sofrer uma decepção? Mas também sei que, se não correr esse risco, nada vai mudar.

20 de FEVEREIRO

– Acho que seria mais fácil ter esta conversa se você não estivesse usando um vestido – ele sugeriu, tentando sorrir debilmente.
– Se fosse mais fácil, eu não estaria assim – ela disse com um risinho.

Quero acreditar que você está tendo todo esse trabalho... por minha causa. Que você sabe como estou cego, surdo e perdido. Não consigo encontrá-lo. Por favor, venha ao meu encontro.

21 de FEVEREIRO

— Se eu escolho aparecer para você como homem ou mulher, é porque o amo. Eu apareço como mulher e sugiro que me chame de Papai simplesmente para ajudá-lo a não sucumbir tão facilmente aos seus condicionamentos religiosos... o objetivo deste fim de semana não é reforçar esses estereótipos.

Não quero mais a Religião. Quero você! Eu permito que você destrua dentro de mim tudo o que me impede de ser livre. (Nem acredito que acabei de fazer essa prece!)

22 de FEVEREIRO

— Por enquanto, deixe-me dizer que, assim que a Criação se degradou, nós soubemos que a verdadeira paternidade faria muito mais falta do que a maternidade. Não me entenda mal, as duas coisas são necessárias, mas é essencial uma ênfase na paternidade por causa da enormidade das consequências da ausência da função paterna.

Grande parte das ideias equivocadas que tenho a seu respeito tem origem na mágoa causada pelos homens que passaram pela minha vida. Ensine-me a tomar como base o relacionamento de Jesus com seu Pai, em vez da minha própria história de abusos.

23 de FEVEREIRO

Ele sabia que ela estava certa e percebeu a gentileza e a compaixão de sua atitude. De algum modo, a maneira como ela havia se aproximado dele diminuíra sua resistência a receber o amor oferecido. Era estranho, doloroso e talvez até um tanto maravilhoso.

Espírito Santo, por favor, continue a passar despercebido pelos "leões de chácara" que procuram bloquear seu caminho, e a permitir, de maneira misteriosa, que suspeitemos estar redondamente enganados, mostrando-nos uma verdade mais encantadora que nossos sonhos mais secretos.

24 de FEVEREIRO

– Querido, não existe resposta fácil para a sua dor. Acredite, se eu tivesse uma, usaria agora. Não tenho varinha mágica para fazer com que tudo fique bem.

Confesso que gosto da ideia de uma varinha mágica ou de uma pílula que produzam uma mudança instantânea e, se possível, indolor. Há dias em que detesto as palavras "processo", "jornada", "aventura" e até mesmo "relacionamento". Mas então você sussurra para mim que sou muito mais do que isso, que sou um ser criado de forma maravilhosa e delicada, para o qual não existem atalhos ou caminhos mais curtos.

25 de FEVEREIRO

Acho que começar tirando do caminho as questões que vêm da cabeça faz com que as do coração fiquem mais fáceis de ser trabalhadas... quando você estiver pronto.

Obrigado por permitir que eu faça perguntas, mesmo que às vezes eu as repita. Tenho vivido durante tanto tempo usando apenas a cabeça que só sei agir dessa forma. E agora descubro que minha mente também está ferida, assim como meu coração.

26 de FEVEREIRO

– Você sabia que eu viria, não é? – disse finalmente, baixinho.
– Claro que sabia.
– Então eu não estava livre para deixar de vir?
– Não gosto de prisioneiros... Mas sei que você é curioso demais para ir... isso reduz sua liberdade de partir?

Mesmo que eu esteja na escuridão, ensine-me seu amor. Ensine-me a escolher aproveitar esse amor e a confiar nele, a amá-lo e viver um relacionamento de verdade, que parta do meu coração. Lembre-me sempre de que não é uma questão de lógica, mas de relacionamento, uma realidade na qual você esteve eternamente presente.

27 de FEVEREIRO

— Se você quiser ir só um pouquinho mais fundo, poderíamos falar sobre a natureza da própria liberdade. Será que liberdade significa que você tem permissão para fazer o que quer?

Por favor, dê-me a liberdade de ser amado sem ter obrigações. Liberte-me.

28 de FEVEREIRO

— Não entendo...
Ela se virou e sorriu.
— Eu sei. Não falei para que você entendesse agora. Falei para mais tarde. No ponto em que estamos, você ainda não compreende que a liberdade é um processo de crescimento.

Descobri que na vida tudo o que tem valor duradouro é um "processo de crescimento". Às vezes esqueço que o verdadeiro relacionamento nunca é um objetivo em si.

29 de FEVEREIRO

— Só eu posso libertá-lo, Mackenzie, mas a liberdade jamais pode ser forçada. — Papai

O mesmo pode ser dito do amor e dos relacionamentos. Apesar de saber no fundo da minha alma que a liberdade só existe quando vem do amor, ainda assim tenho o desejo de possuir, de controlar, de forçar, de trocar a liberdade pela certeza. Obrigado por amar a confusão que eu sou.

1º de MARÇO
– A vida custa um bocado de tempo e um monte de relacionamentos. – Papai

Sou tão insensível que finjo saber alguma coisa da vida, e ajo como se soubesse chegar ao meu destino. Estou aprendendo, lenta e dolorosamente, a confiar que você sabe de tudo isso e que está do meu lado.

2 de MARÇO
– Jamais pense que o que meu filho optou por fazer não nos custou caro. O amor sempre deixa uma marca significativa – ela declarou, baixinho e gentilmente. – Nós estávamos lá, juntos.

Hoje, celebro o fato de haver uma "unidade" em você. Um Deus e ao mesmo tempo Três Pessoas. Celebro a fraternidade generosa e o amor que constituem sua essência eterna, celebro o fato de que nada pode desfazer sua unidade.

3 de MARÇO
– Mackenzie, a Verdade irá libertá-lo, e a Verdade tem nome. Neste momento ele está na carpintaria, coberto de serragem. Tudo tem a ver com ele.

Obrigado, Jesus, por ser a Verdade, e não uma série de fatos, um sonho, ou um lugar que deve ser visitado, mas uma Pessoa que nos ama, coberta de serragem enquanto prepara o caixão da nossa Grande Tristeza. Liberte-nos!

4 de MARÇO

— Na cruz? Espere aí, eu pensei que você o tinha abandonado. Você sabe: "Meu Deus, meu Deus, por que me abandonastes?"
— Você não entendeu o mistério que havia naquilo. Independentemente do que ele sentiu no momento, eu nunca o deixei... Mackenzie, eu nunca o abandonei e nunca deixei você.

Você penetrou em todo o dano que havia em mim, tornando-se meu pecado e chorando meu pranto: "Deus, onde está você?" Um dia acreditei que seu Pai era como muitos outros pais, que espancam seus filhos e os abandonam. Perdoe-me por falar essas coisas do seu Pai. Estou descobrindo que era tudo mentira. (Salmos 22:24)

5 de MARÇO

— Isso não faz nenhum sentido — reagiu ele rispidamente.
— Sei que não, pelo menos por enquanto. Mas pense nisto: quando tudo o que consegue ver é sua dor, talvez você perca a visão de mim, não é?

É inegável que a dor me impede de vê-lo. Talvez eu conheça minha dor melhor do que o conheço. Talvez a certeza da presença da dor me pareça mais real do que o mistério do nosso relacionamento. Não quero que isso seja verdade, mas às vezes é.

6 de MARÇO

— Não se esqueça, a história [da crucificação] não terminou no sentimento de abandono de Jesus. Ele encontrou a saída para se colocar inteiramente nas minhas mãos. Ah, que momento foi aquele! — Papai

Jesus, eu não possuo essa sua capacidade de confiar plenamente. Não conheço seu Pai como você o conhece. Preciso que você se apodere da minha desconfiança e confie nele em meu lugar. Preciso viver através da sua fé. Farei tudo o que estiver ao meu alcance para unir minha voz fraca à sua e clamar: "Coloco-me em suas mãos!"

7 de MARÇO

Papai pegou o cronômetro da cozinha, girou-o de leve e colocou-o na mesa diante deles.
– Não sou quem você acha, Mackenzie.

Lembro-me da primeira conversa a seu respeito que li no Antigo Testamento. O inimigo de nossos corações dizia que não podíamos confiar em você, que você mentiria para nós, que não era bom o tempo todo, e que eu o decepcionava. Acreditei nele, e às vezes ainda acredito. Por favor, me perdoe.

8 de MARÇO

Mack olhou para ela, olhou para o cronômetro e suspirou.
– Estou me sentindo totalmente perdido.
– Então vejamos se podemos encontrá-lo no meio dessa confusão.

Em algum lugar dessa confusão, perdido e até misturado a ela, está o meu verdadeiro eu. Faça o que for preciso para me encontrar, pouco importando se serei julgado, salvo ou libertado. Essas palavras descrevem a mesma coisa: seu processo de encontrar, discernir e separar o meu verdadeiro eu da confusão, para que eu possa viver como um ser humano autêntico. Não tenho mais para onde me voltar.

9 de MARÇO

– A maioria dos pássaros foi criada para voar. Para eles, ficar no solo é uma limitação de sua capacidade de voar, e não o contrário. Você, por outro lado, foi criado para ser amado. Assim, para você, viver como se não fosse amado é uma limitação, e não o contrário.

O problema é que, embora eu acredite nisso quando penso nas crianças, em algum momento esqueci que existo para ser amado, e achei que só seria valorizado pelo meu desempenho e pelo que produzo. Esqueço que ainda sou uma criança. Por favor, faça com que eu me lembre disso.

10 de MARÇO
– *Viver sem ser amado é como cortar as asas de um pássaro e tirar sua capacidade de voar. Não é algo que eu queira para você.*
Aí é que estava. No momento ele não se sentia particularmente amado.

Isso mesmo. Facilmente eu confundo minhas emoções com a realidade, e começo a achar que a maneira como me sinto a meu respeito corresponde à sua maneira de agir comigo. Será que vou me envergonhar ao perceber que dei mais valor às minhas emoções do que à verdade do seu amor por mim? Tem ideia de como me sinto ao constatar isso?

11 de MARÇO
– *Mack, a dor tem a capacidade de cortar nossas asas e nos impedir de voar. E se essa situação persistir por muito tempo, você quase pode esquecer que foi criado originalmente para voar.*

Meu arrependimento parece estar ligado ao meu esquecimento. Eu cortei minhas asas. Estraguei tudo. Culpei Deus e o mundo pelos meus erros. Tenho tanta vergonha que não me sinto digno sequer de lembrar que fui criado para voar, para ser amado, para ser conhecido. Diga-me outra vez!

12 de MARÇO
– *Sou Deus. Sou quem sou. E, ao contrário de você, minhas asas não podem ser cortadas.*

Mesmo assim, você abriu mão de voar para vir me encontrar onde estou – perdido, sozinho e preso ao chão. Obrigado!

13 de MARÇO

— O problema é que muitas pessoas tentam entender um pouco o que eu sou pensando no melhor que elas podem ser, projetando isso ao enésimo grau, multiplicando por toda a bondade que são capazes de perceber — que frequentemente não é muita —, e depois chamam o resultado de Deus... A verdade é que fica lamentavelmente distante do que realmente sou. Sou muito mais do que isso, sou acima e além de tudo o que você possa perguntar ou pensar.

Obrigado por não me acusar pela minha ignorância.

14 de MARÇO

— Mesmo que você não consiga finalmente me compreender, sabe de uma coisa? Ainda quero ser conhecido.

Entendi! Jesus é você querendo ser conhecido. Obrigado, obrigado, obrigado!

15 de MARÇO

— Aqui não é a escola dominical. É uma aula de voo. Mackenzie, como você pode imaginar, há algumas vantagens em ser Deus. Por natureza, sou completamente ilimitada, sem amarras. Sempre conheci a plenitude. Minha condição normal de existência é um estado de satisfação perpétua — disse ela, bastante satisfeita. — É apenas uma das vantagens de Eu ser Eu.

Que bom saber que não sou suficientemente poderoso para mudar sua maneira de ser ou de agir para comigo. Você me inspira.

16 de MARÇO

Isso fez Mack sorrir. A mulher estava se divertindo muito com ela mesma e não havia um pingo de arrogância para estragar aquilo.

Esqueço-me de que tudo o que torna minha vida tão incrível, maravilhosa, cheia de alegria e beleza veio de você.

17 de MARÇO

— Mas, em vez de varrer toda a Criação, arregaçamos as mangas e entramos no meio da bagunça. Foi o que fizemos em Jesus.

Isso é justo o contrário do que sou. Minha tendência é fugir de qualquer confusão, especialmente daquelas que ajudei a criar. Preferiria recomeçar do zero a ter que arregaçar as mangas. Você ajuda a mudar isso em mim? Quero estar disposto a mergulhar de cabeça na bagunça que é a vida, inclusive na minha.

18 de MARÇO

— Quando nós três penetramos na existência humana sob a forma do Filho de Deus, nos tornamos totalmente humanos. Também optamos por abraçar todas as limitações que isso implicava. Mesmo que tenhamos estado sempre presentes nesse Universo criado, então nos tornamos carne e sangue. Seria como se este pássaro, cuja natureza é voar, optasse somente por andar e permanecer no chão. Ele não deixa de ser pássaro, mas isso altera significativamente sua experiência de vida.

Estou pasmo, chocado diante de sua profunda humildade, de sua disposição de se tornar um de nós.

19 de MARÇO

– Ainda que por natureza Jesus seja totalmente Deus, ele é totalmente humano e vive como tal. Ainda que jamais tenha perdido sua capacidade inata de voar, ele opta, momento a momento, por ficar no chão. Por isso seu nome é Emanuel, Deus conosco, ou Deus com vocês, para ser mais exata.

E você nunca encarou isso como um fardo ou um preço a pagar, mas como uma honra e um privilégio. Uma expressão da única maneira como sabe amar. É esse o tipo de pessoa que quero ser.

20 de MARÇO

– Mas... e todos os milagres? As curas? Ressuscitar os mortos? Isso não prova que Jesus era Deus... você sabe, mais do que humano?
– Não, isso prova que Jesus é verdadeiramente humano.

Eu sei que tenho sido menos do que humano. Minhas palavras, expectativas e julgamentos causam mágoa e dor. Por favor, cure-me para que eu possa ser verdadeiramente humano e plenamente vivo.

21 de MARÇO

– Mackenzie, eu posso voar, mas os humanos, não. Jesus é totalmente humano. Apesar de ele ser também totalmente Deus, nunca aproveitou sua natureza divina para fazer nada. Apenas viveu seu relacionamento comigo do modo como eu desejo que cada ser humano viva.

Jesus, eu costumava pensar que você era um super-herói, com poderes secretos, sempre pronto para usar sua divindade, como num passe de mágica. Que alívio descobrir que você é um verdadeiro ser humano como todos nós. Você é minha esperança.

22 de MARÇO

– Jesus foi simplesmente o primeiro a levar isso até as últimas instâncias: o primeiro a colocar minha vida dentro dele, o primeiro a acreditar no meu amor e na minha bondade, sem considerar aparências ou consequências.

Deus, ajude-me a confiar plenamente que você vive em mim, a acreditar no seu amor e na sua bondade, sem me importar com as aparências ou com as consequências.

23 de MARÇO

– E quando ele curava os cegos?
– Fez isso como um ser humano dependente e limitado que confia na minha vida e no meu poder de trabalhar com ele e através dele. Jesus, como ser humano, não tinha poder para curar ninguém.
Isso foi um choque para as crenças religiosas de Mack.

Então estamos falando de participação, não de desempenho. *Participação* faz parte do vocabulário do relacionamento.

24 de MARÇO

– Só enquanto ele repousava em seu relacionamento comigo e em nossa comunhão, nossa comum-união, ele se tornava capaz de expressar meu coração e minha vontade em qualquer circunstância determinada. Assim, quando você olha para Jesus e parece que ele está voando, na verdade ele está... voando. Mas o que você está realmente vendo sou eu, minha vida nele. É assim que ele vive e age como um verdadeiro ser humano, como cada humano está destinado a viver: a partir da minha vida.

Isso eu posso "ser": um participante impotente e dependente. Por favor, seja minha vida, minha luz, meu amor.

25 de MARÇO

– Um pássaro não é definido por estar preso ao chão, mas por sua capacidade de voar. Lembre-se disto: os seres humanos não são definidos por suas limitações, e sim pelas intenções que tenho para eles. Não pelo que parecem ser, mas por tudo que significa ser criado à minha imagem.

Eu deixei meu senso de valor, de estima e de importância nas mãos das outras pessoas, e eram "elas" que definiam a minha identidade. Mas elas mudavam de ideia o tempo todo. Empreste-me seus ouvidos, Jesus, para que eu possa escutar Deus me dizer quem eu sou.

26 de MARÇO

– Para começar, é bom que você não consiga entender a maravilha da minha natureza. Quem quer adorar um Deus que pode ser totalmente compreendido, hein? Não há muito mistério nisso.

Não quero ser aquele que apenas entende, que tenta possuir, dominar ou controlar. Quero conhecer a fraternidade e a intimidade, compartilhar da sua vida e sentir o que seu coração sente. Quero saber que suas mãos estão dentro das minhas.

27 de MARÇO

– Mas que diferença faz o fato de haver três de vocês e que todos sejam um só Deus? – Faz toda a diferença do mundo! Não somos três deuses, e não estamos falando de um deus com três atitudes, como um homem que é marido, pai e trabalhador. Sou um só Deus e sou três pessoas, e cada uma das três é total e inteiramente o um.

Eu afirmo que existe apenas Um Deus! Por favor, revele quem você é para mim.

28 de MARÇO

— O importante é o seguinte: se eu fosse simplesmente Um Deus e Uma Pessoa, você iria se encontrar nesta Criação sem algo maravilhoso, sem algo que é essencial. E eu seria absolutamente diferente do que sou.

Amor fraterno, altruísta! Se você fosse uma singularidade invisível, solitária, então meu egocentrismo teria uma origem e eu poderia justificá-lo. Obrigado por não deixar que eu seja sufocado pelo meu próprio egoísmo, já que, como você, fui criado para me relacionar com o próximo.

29 de MARÇO

— E nós estaríamos sem...? — Mack nem sabia como terminar a pergunta.
— Amor e relacionamento. Todo amor e relacionamento só são possíveis para vocês porque já existem dentro de Mim, dentro do próprio Deus. O amor não é a limitação. O amor é o voo. Eu sou o amor.

Nós conhecemos o amor e o relacionamento porque ambos já existem dentro de você. Um Deus que nos ama como vocês três se amam. Que mistério mais surpreendente!

30 de MARÇO

Mack virou-se de volta para Papai e olhou-a maravilhado. Ela era muito linda e espantosa e, apesar de estar se sentindo meio perdido e de a Grande Tristeza ainda o acompanhar, percebeu crescendo dentro dele um pouco de segurança por estar perto dela.

Quero que esses momentos em que suspiro aliviado, em que meu coração desacelera e em que sinto seu abraço carinhoso sejam a essência da minha vida.

31 de MARÇO
– Entenda o seguinte... Para que eu tenha um objeto para amar ou, mais exatamente, um alguém para amar, é preciso que exista esse relacionamento dentro de mim. Caso contrário, eu não seria capaz de amar. Você teria um deus incapaz de amar. Ou, talvez pior, você teria um deus que, quando escolhesse amar, só poderia fazê-lo como uma limitação de sua natureza. Esse tipo de deus possivelmente agiria sem amor e seria um desastre. E isso certamente não sou eu.

Começo a acreditar que o amor é a essência do seu ser, não só um estado de espírito passageiro ou um capricho. Começo a... confiar em você.

1º de ABRIL
Papai se levantou, foi até a porta do forno, tirou a torta recém-assada, colocou-a na bancada e, virando-se como se fosse se apresentar, disse:
– O Deus que é, o "eu sou quem eu sou", não pode agir fora do amor!

Se essa é a verdade a seu respeito, se tudo o que você faz é uma expressão da sua natureza amorosa, então preciso repensar seriamente sobre questões como a raiva, a ira, o julgamento, a disciplina e tudo o mais. Ajude-me a entender como isso tudo é uma expressão do seu amor por mim.

2 de ABRIL
Mack soube que, por mais difícil que fosse de entender, o que estava escutando era algo espantoso e incrível. Como se as palavras dela estivessem se enrolando nele, envolvendo-o e falando com ele de maneiras que iam além do que ele poderia ouvir.

Sei que os meus sentidos, que me ajudaram a ouvi-lo e a experimentar a sua presença, se quebraram na infância, e que você está juntando as peças de volta. Obrigado por encontrar tantas maneiras de me ajudar a "ouvi-lo e senti-lo", como através da música, das risadas, da voz das crianças, das ondas do mar e da chuva que cai.

3 de ABRIL

– *Mackenzie, sei que seu coração está cheio de dor, de raiva e de muita confusão. Nós dois vamos falar um pouco disso enquanto você estiver aqui. Mas também quero que saiba que estão acontecendo mais coisas do que você pode imaginar ou entender.*

Admito que existe muita coisa que não consigo ver ou compreender. Gostaria que aquilo que desconheço me fizesse confiar mais profundamente em você, em vez de questionar seus atos e sua aparente ausência.

4 de ABRIL

– *Procure usar ao máximo a confiança que tiver em mim, mesmo que ela seja pequena, está bem?*

Você sabe de onde eu venho, sabe por que é tão difícil para mim confiar em alguém, quanto mais em um Deus invisível, mas quero que essa pequena chama de confiança cresça e se torne algo que incendeie toda a minha vida.

5 de ABRIL

– *Papai? – disse Mack muito sem jeito.*
– *O que é, querido?*
– *Lamento muito que você, que Jesus tivesse de morrer.*
Ela rodeou a mesa e deu outro grande abraço em Mack.
– *Sei que lamenta, e agradeço. Mas você precisa saber que nós não lamentamos nem um pouco. Valeu a pena.*

Será muita ousadia minha pensar que talvez eu tenha sido sempre digno da sua atenção e afeto... que eu seja tão importante para você?

6 de ABRIL

Então Deus era assim no relacionamento? Tão lindo e atraente... Ficava óbvio que o que realmente importava era o amor que eles sentiam uns pelos outros e a plenitude que esse amor lhes trazia. Como isso era diferente da maneira como ele tratava seus entes queridos!

Ajude-me a ver nos relacionamentos dos outros a possibilidade de fazer escolhas diferentes das que geralmente faço, e a experimentar algo "mais". Ajude-me a não me comparar com os outros, para não ficar inibido nem paralisado.

7 de ABRIL

– Você não brinca com uma criança ou colore uma figura com ela para mostrar sua superioridade. Pelo contrário, você escolhe se limitar para facilitar e honrar o relacionamento. Você é até capaz de perder uma competição como um ato de amor. Isso não tem nada a ver com ganhar e perder, e sim com amor e respeito.

Confesso que às vezes penso em você como um ser egocêntrico, orgulhoso de sua supremacia e dominância, desejoso de que todo o Universo se ajoelhe perante sua grandeza. Mas quando olho para Jesus, vejo um servo submisso e gentil... Meu mundo está virado de cabeça para baixo!

8 de ABRIL

– Os relacionamentos não têm nada a ver com poder. Nunca! E um modo de evitar a vontade de exercer o poder é escolher se limitar e servir. Os humanos costumam fazer isso quando cuidam dos enfermos, quando servem os idosos, quando se relacionam com os pobres, quando amam os muito velhos e os muito novos, ou até mesmo quando se importam com aqueles que assumiram uma posição de poder sobre eles.

O poder está ligado à necessidade de controle, que é uma manifestação da minha insegurança. Ajude-me a ver com os olhos do outro, a entender que sacrifício e ressurreição são irmãos.

9 de ABRIL

– Gostaria de ter um tempo para as devoções.
Jesus estendeu as mãos e segurou as de Papai, com as cicatrizes visíveis...
– Papai, adorei ver como hoje você se tornou completamente disponível para assumir a dor de Mack e deixar que ele escolhesse seu próprio ritmo. Você o honrou e me honrou. Ouvir você sussurrar amor e calma no coração dele foi realmente incrível. Que alegria imensa ver isso! Adoro ser seu filho.

Meu coração vibra de alegria diante de uma intimidade tão próxima e natural. Quero isso para mim!

10 de ABRIL

Presenciar a expressão de tamanho amor parecia deslocar qualquer entrave lógico e, ainda que ele não soubesse exatamente o que sentia, era muito bom. Estava testemunhando algo simples, caloroso, íntimo e verdadeiro. Isso era sagrado. A santidade sempre fora um conceito frio e estéril para Mack, mas isso era diferente.

Esqueço que você era Sagrado antes mesmo da Criação, antes do pecado e de todo o estrago que ele causou, e que essa sacralidade é uma celebração do amor único e incomparável que dança entre e dentro de vocês... e no qual estou incluído.

11 de ABRIL

Mack assentiu. Esse negócio da presença de Deus, embora difícil de entender, parecia estar atravessando pouco a pouco sua mente e penetrando em seu coração.

Na escuridão da minha mente embotada e do meu coração ferido sempre houve um segredo desconhecido para mim: o de que vocês, Pai, Filho e Espírito Santo, já encontraram uma maneira de penetrar nessa escuridão profunda e estão lutando por mim de uma maneira que eu mesmo não sou capaz.

12 de ABRIL

– Vamos ao cais olhar as estrelas – disse Jesus, interrompendo seus pensamentos. – Sei que você gosta de olhar as estrelas! – Parecia uma criança cheia de ansiedade e expectativa.

Você tem tanto prazer em dividir comigo o que já conhece, em me surpreender. Enquanto isso, eu fico tentando transformar tudo o que conheço num produto que eu possa vender por uma migalha de autoestima ou segurança. Que horror! Parece que ainda tenho muito a aprender.

13 de ABRIL

Era quase como se estivesse caindo no espaço, com as estrelas correndo em sua direção para abraçá-lo. Levantou as mãos imaginando que podia colher diamantes, um a um, de um céu de veludo negro.
– Uau! – exclamou.

Jesus, você espalhou seus Presentes Sagrados por toda a parte para me surpreender e maravilhar. Faça com que eles dissipem, nem que seja por um instante, minha sensação de insignificância, e me atraiam para a vastidão de sua criatividade.

14 de ABRIL

Mack não sabia como descrever o que sentia, mas enquanto continuavam deitados em silêncio, olhando o espetáculo celestial num espanto reverente, observando e ouvindo, soube em seu coração que isso também era sagrado. Estrelas cadentes ocasionais chamejavam numa trilha breve cortando o negrume da noite e fazendo um ou outro exclamar:
– Viu aquilo? Que maravilha!

Obrigado pelos momentos inesperados de encantamento que me enchem de esperança.

15 de ABRIL

– *Incrível!* – *sussurrou Jesus, com a cabeça perto da de Mack no escuro.* – *Nunca me canso de ver isso.*
– *Mesmo que você tenha criado?*
– *Eu criei quando era o Verbo, antes que o Verbo se tornasse Carne. De modo que, mesmo tendo criado tudo isso, agora vejo como humano. E acho impressionante!*

Como é estimulante saber que me encantar com a criatividade do meu espírito, da minha alma e do meu corpo é ao mesmo tempo totalmente humano e inteiramente divino.

16 de ABRIL

Depois de um silêncio particularmente longo, Mack falou:
– *Eu me sinto mais confortável perto de você. Você parece muito diferente delas... Mais real ou palpável... É como se eu sempre tivesse conhecido você.*

Você encontra um fosso na minha compreensão, um abismo dentro do meu coração, e sem uma só palavra de censura escolhe ser a ponte que os atravessa. Tudo o que posso dizer é: obrigado!

17 de ABRIL

– *Como eu sou humano, nós temos muito em comum... Eu sou o melhor modo que qualquer humano pode ter de se relacionar com Papai ou com Sarayu. Me ver é vê-las. O amor que sente vir de mim é o mesmo que elas sentem por você.*

Perdoe-me por acreditar que você tinha vindo me salvar de Papai Deus.

18 de ABRIL

– Por falar em Sarayu, ela é o Espírito Santo?
– É. É Criatividade, é Ação, é o Sopro da Vida. E é muito mais. Ela é o meu Espírito.
– E o nome dela, Sarayu?
– É um nome simples de uma das nossas línguas humanas. Significa "Vento", na verdade um vento comum. Ela adora esse nome.

Você é o vento que me pega de surpresa, a água que sacia minha sede eterna, a fonte oculta da qual jorram o pensamento, a música, a criatividade e a liberdade. Venha, preencha-me e, por favor, não pare nunca.

19 de ABRIL

– E o nome que Papai mencionou, El... Elo...
– Elousia – disse a voz reverentemente no escuro, ao lado dele. – Esse é um nome maravilhoso. El é meu nome como Deus Criador, mas ousia é "ser", ou "aquilo que é verdadeiramente real", de modo que o nome significa "o Deus Criador que é verdadeiramente real e a base de todo o ser". Isso é que é um nome bonito!

Ese a sua maneira de ser, de viver e se relacionar for parte indissociável do próprio Universo, o cerne de nossa existência e de nosso destino? E se for isso o amor?

20 de ABRIL

Mack ficou deitado por alguns segundos e percebeu que, por mais que pensasse que conhecia Jesus, talvez não conhecesse... ou conhecesse mal. Talvez o que conhecesse fosse um ícone, um ideal, uma imagem através da qual tentava captar um sentimento de espiritualidade, mas não uma pessoa real.

Parece-me mais fácil e menos confuso lidar com uma ideia ou uma teologia a seu respeito do que realmente conhecê-lo. Um relacionamento envolve interferência e mistério. Por mais que deteste isso, eu desejo essa relação com cada fibra do meu ser.

21 de ABRIL

– Você disse que, se eu o conhecesse de verdade, sua aparência não importaria... [Por que isso?]
– O ser sempre transcende a aparência. Assim que você começa a descobrir o ser que há por trás de um rosto muito bonito ou muito feio, de acordo com seus conceitos e preconceitos, as aparências superficiais somem até simplesmente não importarem mais.

Sinto-me extremamente culpado de julgar pelas primeiras impressões e pela aparência externa. Ensine-me a ver da maneira como você vê – o lado verdadeiro, real, profundo e transcendente por trás das coisas comuns.

22 de ABRIL

– Por isso Elousia é um nome tão maravilhoso. Deus, que é a base de todo o ser, mora dentro, em volta e através de todas as coisas, e emerge em última instância como o real. Qualquer aparência que mascare essa verdade está destinada a cair.

Posso enganar a mim mesmo e a todos à minha volta. Posso argumentar, justificar e manter as aparências. Mas chegará um dia em que saberei que você sabe que eu sei que você sabe. Todo o fingimento cairá por terra e não terei onde me esconder. Toda simulação, todas as ilusões e toda a hipocrisia desaparecerão, e eu finalmente conhecerei como sou conhecido – amado para sempre.

23 de ABRIL

– Mas não fique achando que porque não sou visível nosso relacionamento precisa ser menos real. Será diferente, talvez até mais real... Meu propósito, desde o início, era viver em você e você viver em mim.

Jesus, você está tão entranhado em minha vida e no meu dia a dia; está tão perto de mim – nos meus desafios, descobertas, alegrias e sofrimentos – que não consigo vê-lo. Pelo menos, ainda não.

24 de ABRIL

— Espere, espere. Espere um minuto. Como isso pode acontecer? Se você ainda é totalmente humano, como pode estar dentro de mim?
— Espantoso, não é? É o milagre de Papai. É o poder de Sarayu, meu Espírito, o Espírito de Deus que restaura a união que foi perdida há tanto tempo. Eu? A cada momento eu escolho viver totalmente humano. Sou totalmente Deus, mas sou humano até o âmago. Como eu disse, é o milagre de Papai.

Você é um mistério. De vez em quando, consigo vislumbrá-lo e fico maravilhado.

25 de ABRIL

— O humano, formado a partir da criação material e física, pode ser totalmente habitado pela vida espiritual, a minha vida. Isso exige a existência de uma união muito real, dinâmica e ativa.

Confesso... novamente... que às vezes preferiria que você fosse uma ideologia ou uma doutrina, em vez de uma pessoa com a qual devo me relacionar. Sempre foi mais fácil ter certeza do que confiar e mudar.

26 de ABRIL

No silêncio que se seguiu, Mack simplesmente ficou parado, permitindo que a enormidade do espaço e da luminosidade esparsa o fizesse sentir-se pequeno, deixando suas percepções serem capturadas pela luz das estrelas e pela ideia de que tudo tinha a ver com ele... com a raça humana... que toda aquela magnífica criação era para a humanidade.

Quero ficar imóvel, imergir no silêncio, ser envolvido pelo maravilhamento, acreditar que você está agora e sempre esteve ao nosso "lado".

27 de ABRIL

Depois do que pareceu um longo tempo, Jesus rompeu o silêncio.
— Nunca vou me cansar de olhar para isso. A maravilha de tudo, o esbanjamento da Criação, como disse um dos nossos irmãos. Tão elegante, tão cheia de desejo e beleza, mesmo agora.

Estamos neste minúsculo planeta, um grão de poeira na vastidão do Universo, e você não apenas se importa conosco, como somos o centro do seu afeto. Você é extravagante em sua graça, lindamente esbanjador em sua criatividade.

28 de ABRIL

— Sabe — reagiu Mack, novamente abalado pelo absurdo da situação, pelo lugar onde estava, pela pessoa ao seu lado —, algumas vezes você parece tão... quero dizer, aqui estou eu, perto de Deus Todo-Poderoso, e na verdade você parece tão...
— Humano? — sugeriu Jesus. — Mas feio. — E começou a rir...

E pensar que você escolheu estar para sempre em comunhão conosco em nossa humanidade. Verdadeiro Deus, com mãos calejadas e senso de humor.

29 de ABRIL

Era contagioso e Mack deixou-se levar num riso que vinha de algum lugar bem no fundo. Não ria a partir daquele lugar havia muito tempo. Jesus aproximou-se dele e o abraçou, sacudido por seus próprios espasmos de riso, e Mack se sentiu mais limpo, vivo e bem desde... bom, não conseguia se lembrar desde quando.

Que bênção é poder rir! Para mim, nada expressa tanto um relacionamento quanto o riso. Nesses momentos, sinto-me como uma criança amada.

30 de ABRIL

– *Jesus? – sussurrou com a voz embargada. – Eu me sinto muito perdido.*
Uma mão se estendeu e ficou apertando a dele.
– Eu sei, Mack. Mas não é verdade. Eu estou com você, e não estou perdido.

Obrigado por não menosprezar meus sentimentos ou fazer com que eu me sinta envergonhado por tê-los. Obrigado por não largar minha mão mesmo quando eu não sei como me manter firme. Obrigado por simplesmente... estar comigo. Você sabe como me sinto perdido às vezes. Obrigado!

1º de MAIO

Quem nunca voou assim talvez não acredite que seja possível, mas no fundo sente um pouco de inveja. Havia anos que ele não tinha esse tipo de sonho, pelo menos desde que a Grande Tristeza baixara, mas nessa noite Mack voou alto na noite estrelada...

Eleve meu espírito, segure minha mão e ensine-me a voar mesmo na escuridão do meu mundo. Hoje, eu lhe entrego a minha dor.

2 de MAIO

– Isso não pode estar acontecendo de verdade – resmungou... Papai, ou quem quer que fosse, o deixara nervoso, e ele não fazia ideia do que pensar a respeito de Sarayu. Admitiu que gostava um bocado de Jesus, mas ele parecia o menos divino dos três... Mack balançou a cabeça, perplexo. O que estava acontecendo? Quem eram eles e o que queriam? O que quer que fosse, Mack estava certo de que não tinha nada para dar.

Às vezes, nem sei como lhe transmitir meu sofrimento, minha confusão. Confio que você conseguirá encontrar uma maneira de chegar até mim.

3 de MAIO

– Como foram seus sonhos esta noite? Algumas vezes os sonhos são importantes, você sabe. Podem ser um modo de abrir a janela e deixar que o ar poluído saia.

Por favor, conduza-me com a sabedoria de uma mente perspicaz, me dê olhos para ver e um coração aberto para receber o que você está revelando para o que eu tenho de mais vulnerável.

4 de MAIO

– Quer dizer que Bruce é seu predileto?
– Mackenzie, eu não tenho prediletos; apenas gosto especialmente dele.

Dizer que você me ama tem a ver com você. Dizer que você gosta especialmente de mim tem a ver comigo. Será muita ousadia da minha parte acreditar nisso? Que você me conheça tão plenamente, e ainda assim goste de mim?

5 de MAIO

– Você parece gostar especialmente de um monte de pessoas – observou Mack. – E há alguém de quem você não goste especialmente?
Ela ergueu a cabeça e revirou os olhos como se estivesse examinando mentalmente o catálogo de cada ser criado.
– Não, não consigo encontrar ninguém. Acho que sou assim.

Começo a acreditar que não tenho o poder de mudar o amor que você sente por mim. Isso está abalando o meu mundo.

6 de MAIO

Mack ficou interessado.
– Nunca fica furiosa com alguém?
– Imagina! Qual é o pai que não fica? Os filhos se metem em várias confusões que deixam a gente furiosa. Não gosto de muitas das escolhas que eles fazem, mas essa minha raiva é uma expressão de amor. Eu amo aqueles de quem estou com raiva tanto quanto aqueles de quem não estou.

Ajude-me a sentir o tipo certo de raiva – a raiva que é uma expressão de amor!

7 de MAIO

– Entendo como tudo isso deve deixar você desorientado, Mack. Mas o único que está fingindo ser algo que não é aqui é você. Eu sou o que sou. Não estou tentando me encaixar em modelo algum.

Foi você quem colocou esse anseio por autenticidade tão fundo dentro de mim. Não sei como fazer para me tornar "eu sou quem eu sou". Por favor, ouça e responda ao meu apelo.

8 de MAIO

– Não estou pedindo que acredite em nada, mas vou lhe dizer que você vai achar este dia muito mais fácil se simplesmente aceitar as coisas como são, em vez de tentar encaixá-las em suas ideias preconcebidas.

Vivo em grande parte dentro das minhas suposições, expectativas e preconceitos. Não está dando muito certo. Espírito Santo, ajude-me a encontrar uma nova forma de "ver".

9 de MAIO

Diante disso, Papai interrompeu suas ocupações e virou-se para Mack. Ele pôde ver uma tristeza profunda nos olhos dela.
— Não sou quem você acha que eu sou, Mackenzie.

Sei que criei uma imagem sua a partir da minha própria imaginação ferida. Achei que isso iria me dar controle e que eu me sentiria seguro, mas me condenei a uma vida, a um reino e a uma salvação inventados por mim mesmo. Quero conhecê-lo da maneira como você é.

10 de MAIO

— Não preciso castigar as pessoas pelos pecados. O pecado é o próprio castigo, pois devora as pessoas por dentro. Meu objetivo não é castigar. Minha alegria é curar. — Papai

Começo a entender que a questão é mais profunda, que a sua intenção é destruir completamente o pecado, pois ele fere e aprisiona aqueles que você ama. Por favor, seja o fogo que queima e elimina tudo o que me impede de ser livre.

11 de MAIO

— Não entendo...
— Está certo. Não entende mesmo — disse ela com um sorriso meio triste. — Mas, afinal de contas, você ainda não terminou.

Esqueço-me de que, há poucos anos, eu achava que minha opinião era a correta — e veja como mudei desde então. Ajude-me a ter consciência de que ainda não cheguei ao meu destino, que mais mudanças e crescimento estão por vir.

12 de MAIO

Mack ficou fascinado enquanto olhava e ouvia Papai participar da conversa de Jesus e Sarayu. Nunca vira três pessoas compartilharem sentimentos com tamanha simplicidade e beleza. Cada um parecia mais interessado nos outros do que em si mesmo.

Desejo que meus relacionamentos sejam como o seu, sem nenhum tipo de fingimento, segredos, medo, ambição, ganância, autopreservação, objetivos ocultos, expectativas e exigências.

13 de MAIO

— Bom, sei que vocês são um só e coisa e tal, e que são três. Mas vocês se tratam de uma forma tão amável! Um não manda mais do que os outros dois?
Os três se entreolharam como se nunca tivessem pensado nisso.

Estou o tempo todo tentando encaixar a existência e o relacionamento de vocês nos padrões a que estou acostumado, mas vocês insistem em me confundir com sua forma de servir e de submeter-se uns aos outros.

14 de MAIO

— Mackenzie, não existe conceito de autoridade superior entre nós, apenas de unidade. Estamos num círculo de relacionamento e não numa cadeia de comando. O que você está vendo aqui é um relacionamento sem qualquer camada de poder. Não precisamos exercer poder um sobre o outro, porque sempre estamos procurando o melhor.

Enquanto isso, estou sempre me comparando com os outros para me sentir superior. Meu coração se enche de repulsa quando constato isso.

15 de MAIO

– Os humanos estão de tal forma perdidos e estragados que para vocês é quase incompreensível que as pessoas possam trabalhar ou viver juntas sem que alguém esteja no comando.
– Esse é um dos motivos pelos quais é tão difícil para vocês experimentar o verdadeiro relacionamento.

Estou sempre pondo a culpa nos outros. Não quero ser responsável por meus erros nem por minhas escolhas. Quero que me digam o que fazer. Prefiro estar vestido e satisfeito comigo mesmo na prisão de outra pessoa a ficar nu e inseguro em minha própria liberdade... Por favor, livre-me de aceitar tamanha escravidão.

16 de MAIO

– Assim que montam uma hierarquia, vocês precisam de regras para protegê-la e administrá-la, e então precisam de leis e da aplicação das leis, e acabam criando um tipo de cadeia de comando que destrói o relacionamento, em vez de promovê-lo. Raramente vocês vivem o relacionamento fora do poder. A hierarquia impõe leis e regras, e vocês acabam perdendo a maravilha do relacionamento que nós pretendemos para vocês.

Você tem toda razão: não sabemos viver de outra forma. Estamos cegos e perdidos. Por favor, venha ao nosso encontro.

17 de MAIO

– Bom – disse Mack com sarcasmo... – Certamente parece que nos adaptamos muito bem a isso.
Sarayu foi rápida em responder:
– Não confunda adaptação com intenção, ou sedução com realidade.

Por favor, dê-me sabedoria para discernir quando a mudança é uma sedução que leva à escravidão, e não uma transformação que conduz à liberdade.

18 de MAIO

– *Quando vocês dão mais valor à independência do que aos relacionamentos, tornam-se perigosos uns para os outros. As pessoas se tornam objetos a serem manipulados ou administrados para a felicidade de alguém. A autoridade, como vocês geralmente a encaram, é meramente a desculpa que o forte usa para fazer com que os outros se sujeitem ao que ele quer.*

Se não houver uma hierarquia ou relações de poder, como poderemos ter segurança? Confiar? Você quer que eu confie?

19 de MAIO

– *Nós respeitamos cuidadosamente as suas escolhas, e por isso trabalhamos dentro dos seus sistemas, ao mesmo tempo que procuramos libertá-los deles* – continuou Papai. – *A Criação foi levada por um caminho muito diferente daquele que desejávamos.*

Jesus, ensine-me a participar disso com você – a respeitar as escolhas alheias, a entrar no mundo dos outros e, sem coerções ou imposições, dispor-me a servir como um agente da liberdade.

20 de MAIO

– *Em seu mundo, o valor do indivíduo é constantemente medido em comparação com a sobrevivência do sistema, seja ele político, econômico, social ou religioso; na verdade, de qualquer sistema. Primeiro uma pessoa, depois umas poucas e, finalmente, muitas são sacrificadas pelo bem e pela permanência do sistema.*

... e você abandonaria as 99 ovelhas para encontrar aquela que se desgarrou.

21 de MAIO

– De uma forma ou de outra, isso está por trás de cada luta pelo poder, de cada preconceito, de cada guerra e de cada abuso de relacionamento. A "vontade de poder e independência" se tornou tão disseminada que agora é considerada normal.

E se aquilo que consideramos normal não passar de um grande erro?

22 de MAIO

– Como glória máxima da Criação, vocês foram feitos à nossa imagem, desatrelados de qualquer estrutura e livres para simplesmente "serem" e relacionarem-se comigo e uns com os outros.

Aquele Paraíso Terrestre está muito distante no passado. Mal nos lembramos dele, mas, ainda assim, ele está presente em nossos anseios. É isso que desejo, para mim, para aqueles que amo, para meus inimigos, para toda a humanidade, para todo o Universo.

23 de MAIO

– Se realmente tivessem aprendido a considerar que as preocupações dos outros têm tanto valor quanto as suas, não haveria necessidade de hierarquia.

... e tanto o mundo, tal como eu o conheço, quanto o lugar que eu pensava ocupar nele, desmoronariam. Devo dizer que isso ao mesmo tempo me assusta e me dá esperança!

24 de MAIO

– Vocês, humanos, não conseguem compreender um relacionamento sem hierarquia. Por isso acham que Deus se relaciona dentro de uma hierarquia, tal como vocês. Mas não somos assim.

Se isso é verdade, o que você tem a dizer sobre todos os nossos sistemas religiosos, sobre as religiões organizadas, sobre todas as lutas por uma suposta superioridade religiosa? Como encontrar nosso lugar fora de uma relação de poder e controle?

25 de MAIO

– [Nós, a Trindade] não vamos usar você. Queremos compartilhar com você o amor, a alegria, a liberdade e a luz que já conhecemos em nós.

Ser usado pelo outro é ser desprezado. Ser incluído é uma honra suprema. Obrigado por não nos "usar", mas por incluir cada um de nós.

26 de MAIO

– Criamos vocês, os humanos, para estarem num relacionamento de igual para igual conosco e para se juntarem ao nosso círculo de amor. Por mais difícil que seja entender isso, tudo o que aconteceu está ocorrendo exatamente segundo esse propósito, sem violar qualquer escolha ou vontade.

Eu acreditava que você era um juiz severo e implacável, sempre visando meu próprio bem, é claro. Agora, vejo que estava enganado.

27 de MAIO

— Há milhões de motivos para permitir a dor, a mágoa e o sofrimento, em vez de erradicá-los, mas a maioria desses motivos só pode ser entendida dentro da história de cada pessoa.

Espírito Santo, você é um gênio redentor, sempre trabalhando para transformar minha tristeza e minha dor em sacramentos de amor eterno. Sou grato por não haver um roteiro universal a ser seguido.

28 de MAIO

— Eu não sou má. Vocês é que abraçam o medo, a dor, o poder e os direitos em seus relacionamentos. Mas suas escolhas também não são mais fortes do que os meus propósitos, e eu usarei cada escolha que vocês fizerem para o bem final e para o resultado mais amoroso.

Esta é a minha esperança: de que eu não seja forte o bastante para mudar seu modo de ser, ou poderoso o suficiente para alterar seus desígnios. E, sobretudo, saber o tempo todo que você é bom.

29 de MAIO

— Os humanos feridos centram sua vida nas coisas que parecem boas para eles, procurando compensação. Mas isso não irá preenchê-los nem libertá-los. Eles são viciados em poder, ou na ilusão de segurança que o poder oferece.

Como é angustiante o desamparo e o vazio que sentimos quando finalmente alcançamos aquilo que pensávamos ser capaz de nos preencher, e descobrimos que estamos enganados. Talvez preferíssemos continuar agarrados à ilusão de que podemos nos satisfazer com as conquistas a descobrir a verdade. Como é triste e desesperador!

30 de MAIO

— Se você ao menos pudesse ver como tudo isso terminará e o que alcançaremos sem violar qualquer vontade humana, entenderia. Um dia entenderá.

Quero que seu amor seja maior do que todas as minhas melhores tentativas, um amor que responda aos meus desejos e anseios mais profundos, e quero que esse tipo de amor conquiste... tudo! Meu coração anseia por esse dia.

31 de MAIO

— Se você soubesse que eu sou bom e que tudo — os meios, os fins e todos os processos das vidas individuais — é coberto por minha bondade, mesmo que nem sempre entenda o que estou fazendo, confiaria em mim.

No fim das contas, sempre voltamos à questão da confiança. E sei que posso confiar porque acredito na sua integridade, na sua bondade. Será que eu seria capaz de simplesmente voltar a tentar obedecer a uma lista de regras? Não? Obrigado! No fundo, tenho certeza de que é a confiança que realmente desejo, só não sei como alcançá-la.

1º de JUNHO

— Você realmente ainda não entende. Tenta dar sentido ao mundo em que vive baseado numa visão pequena e incompleta da realidade. É como olhar um desfile pelo buraco minúsculo da dor, da mágoa, do egocentrismo e do poder, e acreditar que você está sozinho e é insignificante. Tudo isso contém mentiras poderosas.

Por favor, me ajude a ver as mentiras que me mantêm afastado da vida real, até mesmo aquelas que eu considero preciosas.

2 de JUNHO
– Você não pode "produzir" confiança, assim como não pode "fazer" humildade. Ela existe ou não. A confiança é fruto de um relacionamento em que você sabe que é amado.

Estou descobrindo que confiar em você é ao mesmo tempo complicado e simples. Complicado porque minha mente grita "não" para qualquer coisa que pareça ilógica ou arriscada. Simples porque, quando me disponho a ignorar esses gritos e acreditar que você me ama, a confiança parece ser a atitude mais natural de todas.

3 de JUNHO
– Sou boa e só desejo o que é melhor para você. Não é pela culpa, pela condenação ou pela coerção que você vai encontrar isso. É apenas praticando um relacionamento de amor. E eu amo você.

Obrigado por me amar. Por favor, faça com que nosso relacionamento flua em mim e através de mim. Silencie as vozes da culpa. Reverta os anos de autocondenação. Liberte-me da repressão religiosa a que fui submetido... e a que submeti o próximo.

4 de JUNHO
– Só quero que você esteja comigo e descubra que nosso relacionamento não tem a ver com seu desempenho nem com qualquer obrigação de me agradar.

Não consigo imaginar um relacionamento que não tenha a ver com desempenho... a não ser, é claro, que eu seja amado e aceito como sou. Estou aprendendo a confiar em você, em vez de tentar agradá-lo...

5 de JUNHO

– Um último comentário – ele acrescentou. – Simplesmente não consigo imaginar um resultado final que justifique tudo isso.
– Mackenzie. – Papai se levantou da cadeira e rodeou a mesa para lhe dar um abraço apertado. – Não estamos justificando. Estamos libertando.

Estou achando que, na verdade, minha religião foi a maneira que encontrei de me justificar. Por favor, ensine-me a viver mais como você, sem ter que me justificar, mas participando de uma mudança e redenção verdadeiras.

6 de JUNHO

Mack acompanhou Sarayu [...] do melhor modo que pôde... Andar atrás de um ser daqueles era como seguir um raio de sol. A luz parecia se irradiar dela e refletir sua presença numa infinidade de lugares ao mesmo tempo. Sua aparência era etérea, repleta de matizes variantes de cor e movimento. "Não é de espantar que as pessoas fiquem um pouco nervosas na sua presença", pensou Mack. "Ela é obviamente um ser nada previsível."

Querido Espírito Santo, obrigado pela sua imprevisibilidade tão desconcertante e tão cheia de graça!

7 de JUNHO

– Visto de cima, é um fractal... algo considerado simples e harmônico, mas que na verdade é composto de padrões repetidos, por mais ampliado que esteja. Um fractal é quase infinitamente complexo. Eu adoro os fractais. Coloco-os em toda a parte. – Sarayu

Estou cercado pela sua intrincada complexidade e elegância, e não consigo enxergar ou compreender grande parte dela. Por favor, toque nos meus olhos!

8 de JUNHO

– Para mim parece uma confusão – murmurou Mack baixinho.
Sarayu parou e se virou para Mack, com o rosto glorioso.
– Mack! Obrigada! Que elogio maravilhoso! – Ela olhou o jardim ao redor. – É exatamente isso, uma confusão. Mas – acrescentou ela, olhando de volta para Mack, radiante – também não deixa de ser um fractal.

Eu sou a confusão! Será possível que você se sinta à vontade aqui, nessa confusão que eu sou?

9 de JUNHO

– Ah, Mackenzie, se você soubesse. Não é o trabalho, e sim o propósito que o torna especial. E – ela sorriu – é o único tipo que eu faço.

Ajude-me a não perder a noção do propósito, mesmo nos momentos mais triviais da vida – nas tarefas cotidianas, rotineiras, habituais.

10 de JUNHO

– Então você está dizendo que...
– ... criei tudo que existe, inclusive as coisas que você considera ruins – completou Sarayu. – Mas, quando as criei, elas eram boas, porque é assim que eu sou.

Um dia você ainda vai me explicar o porquê dos mosquitos, dos pernilongos, das vespas, das plantas venenosas...

11 de JUNHO

– Vocês, humanos, são verdadeiramente cegos em relação ao seu lugar na Criação. Escolheram o caminho devastado da independência, e não compreendem que estão arrastando toda a Criação com vocês. É muito triste, mas não será assim para sempre.

Hoje, rezo para que encontremos uma forma de erguer os olhos da imensa bagunça que fizemos, e ousemos começar a amar uns aos outros, sabendo que essa é sua incrível criação, profunda em seu propósito, e parte da sua majestade.

12 de JUNHO

– Há ocasiões em que é seguro tocar, e ocasiões em que é preciso tomar precauções. Esta é a maravilha e a aventura da exploração, uma parte do que vocês chamam de ciência: discernir e descobrir o que nós escondemos.

Por favor, ensine-me a explorar o mundo a partir da liberdade, do relacionamento e da comunhão, e não como uma célula independente que se torna um perigo para ela mesma e para os outros.

13 de JUNHO

– Por que as crianças adoram brincar de esconde-esconde? Pergunte a qualquer pessoa que tenha paixão por explorar, descobrir e criar. Nós escolhemos esconder tantas maravilhas de vocês como um ato de amor, um verdadeiro presente dentro do processo da vida.

Obrigado, obrigado, obrigado por essa dádiva. Obrigado pela capacidade de desvendar, examinar, criar e imaginar, de refletir e compreender. Obrigado pela emoção da descoberta, pelos incontáveis tesouros escondidos à nossa volta, e pela aventura de descobri-los.

14 de JUNHO

– Liberdade envolve confiança e obediência em uma relação de amor.

Eu achava que liberdade era independência. Estava enganado. Quero ser verdadeiramente livre! Quero aprender a confiar! Quero saber que você me ama!

15 de JUNHO

– Então por que criar plantas venenosas? – perguntou Mack.

– Sua pergunta parte do princípio de que o veneno é algo ruim, uma coisa sem propósito. Muitas das supostas plantas ruins, como esta, contêm propriedades incríveis de curar ou são necessárias para criar maravilhas magníficas quando combinadas com outros elementos.

Confesso que tenho o hábito de abusar da sua criação e de encontrar argumentos para justificar esses abusos. Confesso que procuro usar toda essa beleza que você criou unicamente para o meu próprio e egocêntrico "bem". Por favor, mude isso em mim.

16 de JUNHO

Os humanos apressam-se em declarar que algo é bom ou ruim sem saber de fato.

É por causa da minha insegurança que nunca me senti confortável quando não sabia alguma coisa. Para disfarçar e cobrir minha própria nudez, adotei uma atitude de superioridade, brilhantismo e inteligência. Hoje, gostaria de simplesmente declarar: "Eu não sei." E percebo que começo a me sentir mais tranquilo em relação a isso.

17 de JUNHO

– Para preparar este terreno, devemos arrancar as raízes de todas as plantas maravilhosas que estavam aqui. É trabalho duro, mas vale a pena. Se as raízes estiverem aí, prejudicarão as sementes que iremos plantar.

Obrigado por me respeitar o suficiente para pedir que eu participe da minha cura quando diz "Nós" precisamos arrancar as raízes.

18 de JUNHO

– Agora posso ver – confessou [Mack] – que gastei a maior parte do meu tempo e da minha energia tentando adquirir o que eu considerava bom, como a segurança financeira, a saúde, a aposentadoria, ou sei lá mais o quê. E gastei uma quantidade gigantesca de energia e preocupação temendo o que determinei que era mau.

Que vergonha vai ser, no bom sentido, quando a luz finalmente me fizer enxergar o quanto investi nas coisas erradas.

19 de JUNHO

– Muitas vezes, a glória está oculta no que a maioria das pessoas considera mitos e lendas.

Adoro pensar que as histórias que contamos às crianças escondem nossos anseios mais profundos... que todos queremos que o mal seja derrotado, que possamos acordar de um sono sombrio, ser resgatados pelo Filho do Rei e viver felizes para sempre.

20 de JUNHO

— *Quando algo lhe acontece, como você determina se é uma coisa boa ou ruim?*
Mack pensou um momento antes de responder.
— *Bom, na verdade, nunca pensei nisso. Acho que eu diria que algo é bom quando eu gosto, quando faz com que eu me sinta bem ou me dá um sentimento de segurança. Por outro lado, eu diria que uma coisa é ruim se me causa dor ou custa algo que eu quero... Tudo parece relacionado comigo e com meus interesses, acho.*

Se você não entrar em meu coração e em minha mente, estarei para sempre perdido nesta existência egocêntrica. Você é minha esperança... de ser capaz de mudar.

21 de JUNHO

— *Então é você que determina o que é bom e o que é ruim. Você se torna o juiz. E para tornar as coisas ainda mais confusas, aquilo que você determina que é bom acaba mudando com o tempo e as circunstâncias. E, pior ainda, há bilhões de vocês, cada um determinando o que é bom e o que é ruim.*

Existe um lugar em que as discussões chegam ao fim, em que nossas teorias, ideias e julgamentos perdem todo o sentido. Cada um de nós será conhecido tal como é – e essa será nossa salvação.

22 de JUNHO

— *Assim, quando o seu bom e o seu ruim se chocam com os do vizinho, seguem-se brigas, discussões e até guerras.*

Estou exausto e desanimado por causa das nossas guerras, da brutalidade das nossas palavras e pelo preconceito que se infiltra em nossos corações corrompidos. Hoje, eu me pergunto como você pode nos tolerar, por que se importa conosco. Mas então lembro que você não só se juntou a nós, mas tornou-se um conosco, para que em você pudéssemos encontrar outro caminho.

23 de JUNHO

– E se não há uma realidade do bem que seja absoluta, você perde qualquer base para avaliar. É apenas linguagem, e podemos perfeitamente trocar a palavra bem pela palavra mal.

Parece ridículo admitir isso, mas eu me dou conta de que tenho a tendência a me considerar a medida de todas as coisas, como se eu fosse o "bem" absoluto. Não tem dado muito certo. Não quero mais julgar ninguém.

24 de JUNHO

– Isso permite que vocês brinquem de Deus em sua independência. Por essa razão, uma parte de vocês prefere não me ver. E vocês não precisam de mim para criar sua lista do que é bom ou ruim. Mas precisam de mim se tiverem qualquer desejo de parar com essa ânsia tão insana de independência.

Começo a suspeitar que mesmo quando as nossas religiões nos fazem acreditar que somos verdadeiros fiéis, elas foram feitas para mantê-lo a distância, sob controle, para podermos continuar nos escondendo de você.

25 de JUNHO

– Então há algum modo de consertar? – perguntou Mack.
– Você deve desistir do seu direito de decidir o que é bom ou ruim e escolher viver apenas em mim. É um comprimido difícil de engolir. Para isso, deve me conhecer a ponto de confiar em mim e aprender a se entregar à minha bondade inerente.

Espírito Santo, quero passar a ver as coisas de outra forma. Conceda-me os olhos de Jesus, o coração de Papai e o seu amor.

26 de JUNHO

– O mal é a palavra que usamos para descrever a ausência do Bem, assim como usamos escuridão para designar a ausência de Luz, ou morte para ausência de Vida. Tanto o mal quanto a escuridão só podem ser entendidos em relação à Luz e ao Bem. Eles não têm existência real. Eu sou a Luz e eu sou o Bem.
Sou Amor e não há escuridão em mim. A Luz e o Bem existem realmente. Assim, afastar-se de mim irá mergulhar você na escuridão. Declarar independência resultará no mal, porque, separado de mim, você só pode contar consigo mesmo. Isso é morte, porque você se separou de mim, que sou a Vida.

Faça o que for preciso para que eu possa compartilhar da sua vida.

27 de JUNHO

– Missy não tinha o direito de ser protegida?
– Não, Mack. Uma criança é protegida porque é amada e não porque tem o direito de ser protegida.

Ensine-me a amar dentro do seu amor, a recordar que cada pessoa já foi criança um dia, e que cada pessoa é amada, quer ela saiba ou não.

28 de JUNHO

– Os direitos são o que os sobreviventes procuram, para não terem de lidar com os relacionamentos.

Ajude-me a não me esconder atrás dos meus direitos, mas a correr o risco de me relacionar com aquilo que os outros veem. Você sabe que sou um sobrevivente, que os relacionamentos são minha maior ferida, e que eles me enchem de medo. Estou mais habituado a exibir meus direitos do que meu coração. Ajude-me a mudar.

29 de JUNHO

Mack estava ficando frustrado. Falou mais alto:
– Mas eu não tenho o direito de...
– De terminar uma frase sem ser interrompido? Não, não tem. Na realidade, não. Mas, enquanto você achar que tem, certamente ficará irritado quando alguém o interromper, mesmo que seja Deus.

Na escuridão eu defini e dividi, declarei e julguei, para ter a ilusão de que posso controlar. Ignorei a quantidade imensa de possibilidades, e tive que viver dentro das minhas próprias conclusões. Deixei de ser humano, para me tornar um direito.

30 de JUNHO

– Mackenzie, Jesus não se agarrou a nenhum direito. Tornou-se um servo por livre-arbítrio e vive seu relacionamento com Papai. Abriu mão de tudo, de modo que ao longo de sua vida independente deixou uma porta aberta que permitiria a você viver suficientemente livre para abdicar de seus direitos.

Se você não é real, se não é bom, não serei capaz de correr o risco de abrir mão dos meus direitos. Viva dentro de mim, Jesus, pois você é aquele que se torna humilde, que escolhe se colocar a serviço.

1º de JULHO

– Mackenzie, você é um deleite! Obrigada por seu trabalho duro.
– Na verdade, não fiz grande coisa – ele respondeu em tom de desculpa. – Quero dizer, olhe essa bagunça. – Seu olhar passou pelo jardim que os rodeava. – Mas é realmente lindo e pleno de você, Sarayu. Mesmo que pareça que ainda resta um monte de trabalho a ser feito, sinto-me estranhamente à vontade e tranquilo aqui.

A visão que tenho das coisas me deixa muito confuso. Você tem uma maneira de ver a beleza que existe naquilo que considero um fracasso. Cure meus olhos!

2 de JULHO

– E não é de espantar, Mackenzie, porque este jardim é a sua alma. Esta confusão é você! Juntos, você e eu estivemos trabalhando com um propósito no seu coração. E ele é selvagem, lindo e perfeitamente em evolução. Para você parece uma confusão, mas eu vejo um padrão perfeito emergindo, crescente e vivo.

Minha alma? Será possível que você já encontrou o caminho para chegar ao jardim da minha alma?

3 de JULHO

O impacto das palavras de Sarayu quase fez desmoronar todas as reservas de Mack. Ele olhou de novo o jardim das duas – seu jardim –, e era mesmo uma confusão, mas ao mesmo tempo incrível e maravilhoso. E, além disso, Papai estava aqui e Sarayu adorava a confusão. Era quase demais para compreender, e de novo suas emoções cuidadosamente guardadas ameaçaram se derramar.

É difícil para mim aceitar que você me conheça tão bem e não fique envergonhado ou constrangido por estar aqui comigo, em mim.

4 de JULHO

– Bom – Jesus cruzou os braços –, nós dois sabemos que você é um nadador muito capaz e que já foi salva-vidas. A água está fria e o lago é fundo. Mas não estou falando em nadar. Quero atravessar andando com você.

Comigo? Uma declaração de dependência? Também quero atravessá-lo... com você!

5 de JULHO

– Vamos, Mack. Se Pedro conseguiu...

Obrigado pela "grande nuvem" que é testemunha da sua bondade e da sua graça, que me incentiva a dar o próximo passo, por mais impossível que pareça.

6 de JULHO

– Pedro teve o mesmo problema: como sair do barco?

Às vezes você me faz rir! Eu me sinto muito confiante, mas ainda não sei bem como sair desse barco.

7 de JULHO

– Você imagina. A imaginação é uma capacidade poderosa! É um poder que o torna muito parecido conosco. Mas, sem sabedoria, a imaginação é uma professora cruel.

A imaginação é uma dádiva agridoce. Ao mesmo tempo eu adoro e detesto os lugares a que ela é capaz de me levar. Como você é a origem da imaginação criativa, então, por favor, me ensine a valorizar, mas também a controlar, esse milagre.

8 *de* JULHO

– Você acha que os humanos foram criados para viver no presente, no passado ou no futuro?
– Bom, acho que a resposta mais óbvia é que fomos criados para viver no presente. Estou errado?
– Relaxe, Mack, isso não é um teste, é uma conversa. Você está corretíssimo, por sinal.

A religião me condicionou a considerar cada encontro com você como um teste no qual, provavelmente, irei falhar. Eu esqueço que você é um relacionamento, e não uma religião.

9 *de* JULHO

– Mas agora me diga onde você passa a maior parte do tempo em sua imaginação: no presente, no passado ou no futuro?
– Acho que eu passo muito pouco tempo no presente. Passo boa parte dele no passado, mas a maior parte do tempo estou tentando adivinhar o futuro.

O presente é pulsante, vivo e assustador; ele atrai toda a minha atenção. Vejo como você tem estado sempre comigo, mas é só no presente que posso realmente estar com você.

10 *de* JULHO

– Quando estou com vocês, vivo no presente. Não no passado, se bem que muita coisa pode ser lembrada e aprendida ao se olhar para trás, mas somente para uma visita, não para uma estada demorada. E certamente não vivo no futuro que você visualiza ou imagina.

Por favor, você poderia ao menos vir ao meu encontro quando eu estiver perdido em minha própria imaginação? Obrigado!

11 *de* JULHO

– Mack, você percebe que sua imaginação do futuro, que é quase sempre ditada por algum tipo de medo, raramente me coloca lá com você, se é que me coloca?

Isso faz sentido, já que só podemos viver no que é real. Confesso que às vezes minha imaginação cheia de medos é mais real para mim do que a sua presença.

12 *de* JULHO

– Por que faço isso? – perguntou Mack.
– É sua tentativa desesperada de conseguir algum controle sobre algo que você não pode controlar.

Constato como sou obcecado pelo controle. Às vezes quero controlar as pessoas, em vez de ter um relacionamento com elas, ou controlar as circunstâncias, em vez de confiar em você. Muitas vezes, desejo mais a certeza do que a fé. Você já sabia disso, não é?

13 *de* JULHO

É impossível ter poder sobre o futuro, porque ele não é real, e jamais será. Você tenta brincar de Deus imaginando que o mal que teme pode se tornar realidade, e depois tenta fazer planos para evitar aquilo que teme.

Ajude-me a parar de desperdiçar a graça de hoje imaginando coisas – especialmente o futuro – que não são reais.

14 de JULHO

– Então por que tenho tanto medo da vida?
– Porque não acredita. Não sabe que nós o amamos.

Você tem razão, eu não acredito. Percebo que não creio no seu amor por mim. Ajude-me a vencer essa descrença.

15 de JULHO

– A pessoa que vive dominada pelos medos não encontra liberdade no meu amor. Não estou falando de medos racionais, ligados a perigos reais, e sim de medos imaginários... À medida que dá lugar a esses medos, você não acredita que eu sou bom, nem sabe, no fundo do seu coração, que eu o amo.

Então hoje eu me esforçarei ao máximo para acreditar que você ama.

16 de JULHO

– Há um longo espaço para eu percorrer.
– Só uns 30 centímetros, é o que me parece – riu Jesus.
Ele só precisava disso para descer do cais.

Ajude-me a entender qual é o meu próximo passo, o que está bem na minha frente, e me dê coragem para abandonar o que parece concreto e entrar no que parece impossível.

17 de JULHO

Caminhar sobre a água com Jesus parecia o modo mais natural de atravessar um lago, e Mack ria de orelha a orelha só de pensar no que estava fazendo.
– Isso é absolutamente ridículo e impossível, você sabe – exclamou finalmente.
– Claro – confirmou Jesus, rindo também.

Por mais aterrorizante que seja, tenho a sensação de que fui criado para realizar o impossível, o ridículo e o improvável. Adoro essa sensação! Mas já disse que isso me apavora?

18 de JULHO

– Você faz um grande trabalho! – disse baixinho.
– Obrigado, Mack, e você viu muito pouco. Por enquanto, a maior parte das coisas que existem no Universo só será vista e desfrutada por mim como telas especiais guardadas nos fundos do ateliê de um pintor. Mas um dia... E você pode imaginar o que seria se a Terra não estivesse em guerra, lutando tanto para simplesmente sobreviver?

"Olho nenhum viu, ouvido nenhum ouviu, mente nenhuma imaginou o que Deus preparou para aqueles que o amam." (I Coríntios 2:9)

19 de JULHO

– Nossa Terra é como uma criança que cresceu sem pais, não tendo ninguém para guiá-la e orientá-la. – Enquanto Jesus falava, sua voz se intensificava numa angústia contida. – Alguns tentaram ajudá-la, mas a maioria procurou apenas usá-la. Os seres humanos, que receberam a tarefa de guiar amorosamente o mundo, em vez disso o saquearam sem qualquer consideração. E pensaram pouco nos próprios filhos, que vão herdar sua falta de amor. Por isso usam e abusam da Terra, e quando ela estremece ou reage, se ofendem e levantam os punhos contra Deus.

Perdoe-nos! Não sabemos o que estamos fazendo.

20 de JULHO

– Você deve se importar muito com a Criação – disse Mack com um sorriso.
– Bom, essa bola verde-azulada no espaço negro pertence a mim – declarou Jesus enfaticamente.

Jesus, tudo neste planeta e, mais ainda, tudo no Universo existe por você e por seu intermédio, e é sustentado por você. Ensine-nos a viver dentro da sua vida e neste lugar com a devida reverência e o devido respeito.

21 de JULHO

– Então por que vocês não consertam? – perguntou Mack. – Quero dizer, a Terra.
– Porque nós a demos para vocês.
– Não podem pegá-la de volta?
– Claro que poderíamos, mas então a história acabaria antes de ser consumada.

Obrigado por derramar seu Espírito Santo em "tudo" o que vive, para que juntos possamos aprender o que significa amá-lo, amar a nós mesmos, amar uns aos outros e amar a Criação.

22 de JULHO

– Já notou que, mesmo que me chamem de Senhor e Rei, eu realmente nunca agi desse modo com vocês? Nunca assumi o controle de suas escolhas nem os obriguei a fazer nada, mesmo quando o que estavam fazendo era destrutivo para vocês mesmos e para os outros.

Se eu fosse Senhor e Rei... provavelmente seria o único a sobrar na Terra. Obrigado por não se tornar um carrasco, mesmo que fosse "para o meu próprio bem".

23 de JULHO

– Forçar minha vontade sobre a de vocês é exatamente o que o amor não faz – respondeu Jesus. – Os relacionamentos verdadeiros são marcados pela aceitação, mesmo quando suas escolhas não são úteis nem saudáveis.

A coisa mais parecida com isso que já vi é o verdadeiro amor de um pai por seu filho. Só fui entender isso quando me tornei pai.

24 de JULHO

– Esta é a beleza que você vê no meu relacionamento com Abba e Sarayu. Nós somos de fato submetidos uns aos outros, sempre fomos e sempre seremos.

Algo no meu íntimo grita que isso só pode ser verdade, pois sem essa maneira altruísta e generosa de amar não existe nada em que eu possa ser incluído.

25 de JULHO

– Submissão não tem a ver com autoridade e não é obediência. Tem a ver com relacionamentos de amor e respeito. Na verdade somos igualmente submetidos a você.

O Deus do Universo, submetido a mim, lavando meus pés? Estou pasmo e sem palavras!

26 de JULHO

– *Porque queremos que você se junte a nós em nosso círculo de relacionamento. Não quero escravos, quero irmãos e irmãs que compartilhem a vida comigo.*

Começo a pensar que a Religião é apenas meu desejo de conquistar seu afeto e aprovação, por não saber que você já me incluiu na própria vida do Pai, do Filho e do Espírito Santo.

27 de JULHO

– *Quando sou sua vida, a submissão é a expressão mais natural do meu caráter e da minha natureza, e será a expressão mais natural de sua nova natureza dentro dos relacionamentos.*

Você não está irritado por achar que eu já deveria ter chegado mais longe do que cheguei, está?

28 de JULHO

– *O mundo está partido porque no Éden vocês abandonaram o relacionamento conosco para afirmar a própria independência. A maioria dos humanos expressou isso voltando-se para o trabalho das mãos e para o suor do rosto em busca da identidade, do valor e da segurança. Ao escolher definir o que é bom e o que é mau, vocês procuram determinar seu próprio destino. Foi essa reviravolta que causou tanta dor.*

A origem de boa parte dos danos em meu mundo está na minha escolha pela independência. Tem sido assim por tanto tempo que já não sei viver de outra forma. Por favor, cure meu coração.

29 de JULHO

– É simples demais, mas nunca é fácil para vocês. A saída é voltar-se para mim. Abrir mão de seus hábitos de poder e manipulação e simplesmente voltar-se para mim.

Não é fácil! Há tantas sombras em meu coração e tantos hábitos arraigados em minha conduta. Preciso ser totalmente transformado, minha mente precisa ser convertida, e quanto mais caminho com Jesus, mais percebo que não estou em sua companhia. Por sorte, ainda somos capazes de escrever certo por linhas tortas.

30 de JULHO

– As mulheres... acham difícil dar as costas para um homem e parar de exigir que ele atenda às suas necessidades... e retornar para mim. Os homens... acham muito difícil dar as costas para as obras de suas mãos... e retornar para mim.

É isso que eu quero, do fundo do coração: retornar, voltar para casa. Mas, ainda assim, resisto. Tenho vergonha e medo de que a história do filho pródigo não se repita mais. Ajude-me a correr esse risco.

31 de JULHO

Mack, você não vê que representar papéis é o contrário do relacionamento? Queremos que homens e mulheres sejam parceiros, iguais face a face, cada qual único e diferente, distintos em gênero mas complementares, e cada um recebendo o poder unicamente de Sarayu, de quem se origina todo o poder e autoridade verdadeiros.

Representar um papel é mais seguro, mas a gente se perde no processo e fica com essa sensação torturante de que vive uma vida falsa. Não quero isso. Quero mais!

1º de AGOSTO

Lembre-se, minha identidade não se baseia em desempenho, e eu não preciso me encaixar nas estruturas feitas pelos humanos. Eu tenho a ver com ser. À medida que você cresce no relacionamento comigo, o que fizer simplesmente refletirá quem você realmente é.

Há um verdadeiro eu perdido na escuridão de quem penso ser. Jesus, por favor, me ajude a estar do seu lado contra as mentiras que nasceram da minha própria mágoa.

2 de AGOSTO

– Criamos um círculo de relacionamento como o nosso, mas para os humanos. Ela saindo dele e agora todos os homens, inclusive eu, nascidos dela, e tudo se originando ou nascendo de Deus.

Fui formado para encarar a independência como força e os relacionamentos como fraqueza, mas tudo o que estou descobrindo a seu respeito é um convite a um relacionamento e a uma dependência mais profundos. Resisto porque tenho medo, por mais contraditório que isso pareça.

3 de AGOSTO

– Certíssimo, Mack. – Jesus olhou-o e riu. – Nosso desejo foi criar um ser que tivesse uma contrapartida totalmente igual e poderosa: o homem e a mulher. Mas sua independência, com a busca de poder e de realização, na verdade destrói o relacionamento que seu coração deseja.

E durante todo esse tempo achei que fosse culpa "dela".

4 de AGOSTO
– Mack, assim como o amor, a submissão não é algo que você pode praticar, especialmente sozinho. Fora de minha vida dentro de você, é impossível se submeter a Nan, ou aos seus filhos, ou a mais ninguém, inclusive Papai.

Mais uma vez, quero crer que posso fazer isso sozinho e do meu próprio jeito, mas tudo o que consigo é uma nova série de promessas que não me sinto capaz de cumprir. Jesus, por favor, interfira na minha busca louca por independência, e una seu coração, com sua capacidade de se submeter, ao meu.

5 de AGOSTO
– É verdade, minha vida não se destinava a tornar-se um exemplo a copiar. Ser meu seguidor não significa tentar "ser como Jesus", significa matar sua independência.

Por favor, ajude-me a entender, na realidade da vida, que a morte da minha independência não é um outro abandono, mas um convite para me unir a você.

6 de AGOSTO
– Eu vim lhe dar vida, vida real, minha vida. Nós viveremos nossa vida dentro de você, de modo que você comece a ver com nossos olhos, ouvir com nossos ouvidos, tocar com nossas mãos e pensar como nós.

Quantas vezes me senti derrotado pelo estresse ao tentar entender o que é certo, apenas para descobrir que o "certo" que eu estava buscando era uma ilusão que mudava a cada instante. Obrigado por compartilhar sua natureza comigo, para que eu possa viver de dentro para fora, e não de fora para dentro.

7 de AGOSTO

Queria voltar desesperadamente para a luz, mas acreditava que Jesus não iria mandá-lo para ali sem um bom propósito. Foi em frente.

Às vezes esqueço que você é o Deus da escuridão, da mesma forma como é o Deus da luz. Ajude-me a não tentar acender minhas próprias fogueiras em tempos de escuridão, mas a seguir em frente, permitindo que a incerteza me traga ainda mais confiança.

8 de AGOSTO

– Hoje é um dia muito sério, com consequências sérias.

Mas, pensando melhor... que dia, pessoa, relacionamento ou momento não é?

9 de AGOSTO

– Em certo sentido, todo pai ama os filhos – respondeu ela, ignorando a segunda pergunta. – Mas alguns pais estão machucados demais para amá-los bem, e outros mal conseguem amá-los.

Como a maioria de nós, deixei a infância com algumas feridas. O que fiz delas moldou grande parte da minha vida. Sei que devo perdoar e honrar as coisas boas que recebi, ou me condenarei a ficar preso a rancores e arrependimentos.

10 de AGOSTO

– Dentre os mistérios de uma humanidade ferida, este também é bastante notável: aprender, permitir a mudança.

Acredito que uma mudança verdadeira e concreta no coração e na alma de um homem faz com que ressuscitar alguém pareça uma brincadeira de criança. Imagino que tanto a mudança quanto a ressurreição sejam uma forma de reerguer os mortos, mas a primeira é muito mais milagrosa e profunda. Só você pode realizar esse feito impossível.

11 de AGOSTO

– Então, Mackenzie, qual de seus filhos você mais ama?
Mack sorriu por dentro. Era uma pergunta que ele se fizera muitas vezes sem encontrar resposta.
– Não amo nenhum mais do que os outros. Amo cada um de um modo diferente – disse, escolhendo as palavras com cuidado... – Quando penso em cada um dos meus filhos individualmente, descubro que gosto em especial de cada um deles.

Obrigado por olhar para mim dessa forma – não como um número qualquer, mas como um ser frágil, único e magnífico que você ajudou meus pais a criar.

12 de AGOSTO

– Mas e quando eles não se comportam, ou quando fazem escolhas diferentes das que você gostaria que fizessem... Como isso afeta seu amor por eles?
– Na verdade, não afeta. – Ele sabia que estava sendo sincero, mesmo que algumas vezes Katie não acreditasse. – Admito que isso me incomoda, e algumas vezes fico sem graça ou com raiva, mas, mesmo quando eles agem mal, ainda são meus filhos e serão para sempre. O que fazem pode afetar meu orgulho, mas não meu amor.

Por que é tão difícil para nós crer que o amor que sentimos pelos nossos próprios filhos é apenas um reflexo da maneira como você ama?

13 de AGOSTO

– Você é sábio em termos de amor verdadeiro, Mackenzie. Muitos acreditam que é o amor que cresce, mas é o conhecimento que cresce, e o amor simplesmente se expande para contê-lo. O amor é simplesmente a pele do conhecimento.

Sou suscetível a paixões; a amar a mim mesmo através de alguém, de algo, ou de uma situação imaginária, o que não é amor de fato, já que o "conhecimento" destrói esse tipo de ilusão. Quero ser conhecido e amado de verdade, quero conhecer e amar. Você me conhece. Você me ama.

14 de AGOSTO

– [Este] é um momento de honestidade, de verdade. Você não acredita que o Pai ame bem seus filhos, não é? Você não acredita realmente que Deus seja bom, não é?

Quando estou cercado pela escuridão, a última coisa em que me arrisco a acreditar é que você seja bom e esteja do meu "lado". Acredito na mentira de que é mais seguro estar sozinho no escuro do que com você.

15 de AGOSTO

Não tinha defesa. Sabia que estava perdido.
– Sou uma confusão, não é?
– É, sim. – Mack levantou os olhos e ela sorriu. – Você é uma confusão gloriosa e destrutiva, Mackenzie.

Seu julgamento divino a meu respeito é que sou um traste, eternamente amado, sim, e, apesar disso, um traste. Mas que há esperança para mim, pois sua especialidade é redimir trastes como eu.

16 de AGOSTO

— *Não tenho nenhuma capacidade de julgar.*
— *Ah, não é verdade. Você já se mostrou bastante capaz, mesmo no pouco tempo que passamos juntos. E, além disso, já julgou muitas pessoas durante a vida. Julgou os atos e até mesmo as motivações dos outros, como se soubesse quais eram... você tem muita experiência nessa atividade.*

Já que estamos falando disso, admito que também sou um ótimo juiz e executor de sentenças. Não me orgulho disso, mas não sei sobreviver de outra forma. Socorro!

17 de AGOSTO

Mack tentou encará-la, mas descobriu que quando a olhava diretamente seu pensamento oscilava. Parecia impossível fitar seus olhos e ao mesmo tempo manter um raciocínio lógico e coerente. Teve de desviar o olhar para a escuridão do canto da sala, esperando recuperar o controle.

Olhar nos olhos do verdadeiro amor é encarar a exigência de ser totalmente honesto, e, portanto, ficar no fio da navalha entre confiar nisso ou voltar aos jogos que fazia antes.

18 de AGOSTO

— *Julgar exige que você se considere superior a quem você julga. Bom, hoje você terá a oportunidade de colocar toda a sua capacidade em uso.*

É muito interessante. Em determinado momento, tenho uma opinião muito negativa de mim mesmo, me considero detestável, indigno, etc. Em outro, estou julgando as pessoas ao meu redor. Por que não sei amar a mim mesmo sem desvalorizar o próximo?

19 de AGOSTO

– *E exatamente o que vou julgar?*
– *Não o quê. Quem.*

Sei que você nunca tem a intenção de me envergonhar nem de me constranger, mas é o que sinto agora. Acredito que tomar consciência da maneira terrível como julgo as outras pessoas e a mim mesmo fará parte da minha libertação.

20 de AGOSTO

Mack sabia que era totalmente culpado de ser egocêntrico. Como é que ele ousava julgar alguém?

Você sabe que às vezes sou egocêntrico por ter uma opinião muito elevada de mim mesmo; outras, por me considerar um zero à esquerda; e outras, ainda, por achar que não posso contar com mais ninguém. Sim, acho que "confusão" define bem o meu caso.

21 de AGOSTO

– *Por que não? Sem dúvida há muitas pessoas no seu mundo que você acha que merecem julgamento. Deve haver pelo menos algumas culpadas por boa parte da dor e do sofrimento.*

Acho que sim... e provavelmente sou uma delas. Temos muitas maneiras, grandes e pequenas, de causar mágoa e depois nos justificarmos. Sou muito cego para a minha própria escuridão, e muito consciente das falhas dos outros. Você chamaria isso de hipocrisia? Pois é, era exatamente o que eu estava pensando.

22 de AGOSTO

— Até onde devemos voltar, Mackenzie? Esse legado de deformação remonta até Adão. E ele? Mas por que pararmos aqui? E Deus? Deus começou essa coisa toda. Deus deve ser culpado?

Sabendo tudo o que sei sobre nossa capacidade de magoar a nós mesmos e aos outros, não seria melhor você nunca ter criado nada, que meus filhos ou meus amigos e inimigos nunca tivessem existido? Não. Então minha esperança está em você, que continuará a encontrar maneiras de redimir nossa deformação com sua presença, sua graça e seu perdão.

23 de AGOSTO

— Não é aí que você está travado, Mackenzie? Não é isso que alimenta a Grande Tristeza? O fato de não poder confiar em Deus? Sem dúvida, um pai como você pode julgar o Pai!... Sua reclamação não é justa, Mackenzie? O fato de Deus ter fracassado com você, ter fracassado com Missy?

Se não puder confiar em você, se achar que às vezes você é o autor do mal, então não tenho esperanças, sou como um planeta fora de órbita, girando sozinho num Universo vão. Mas noto que, mesmo quando minha mente acredita nessa mentira, meu coração não permite que eu viva dessa forma.

24 de AGOSTO

— Sim! A culpa é de Deus!
A acusação pairou no ar enquanto o martelo de juiz batia em seu coração.
— Então — disse ela em tom definitivo —, se você pode julgar Deus com tanta facilidade, certamente pode julgar o mundo. — Sua voz não expressava emoção. — Você deve escolher dois de seus filhos para passar a eternidade no novo Céu e na nova Terra de Deus, mas apenas dois. E deve escolher três filhos para passar a eternidade no inferno.

Perdoe-me por pensar que isso era apenas um jogo ou um experimento cósmico para você.

25 de AGOSTO

– Só estou lhe pedindo para fazer uma coisa que você acredita que Deus faz. Ele conhece todas as pessoas já concebidas, e de um modo muito mais profundo e claro do que você jamais conhecerá seus filhos. Ele ama cada um segundo o que conhece do ser desse filho ou dessa filha. Você acredita que ele irá condenar a maioria a uma eternidade de tormento, longe de Sua presença e de Seu amor. Não é verdade?

Eu me lembro de que queria acreditar nisso. Eu costumava pensar que era melhor do que os outros.

26 de AGOSTO

– Acho que sim. Simplesmente nunca pensei na coisa dessa maneira. Simplesmente achei que, de algum modo, Deus poderia fazer isso. Falar sobre o inferno era uma espécie de conversa abstrata e não sobre alguém de quem eu realmente... – Mack hesitou – ... e não sobre alguém de quem eu realmente gostasse.

Sinto-me profundamente grato em saber que Jesus não é uma ideologia ou doutrina abstrata, mas a sua palavra viva e pulsante que nos respeitou a ponto de se tornar um diálogo!

27 de AGOSTO

– Então você acha que Deus faz isso com facilidade, mas você não? Ande, Mackenzie. Quais de seus cinco filhos você condenará ao inferno?... Você é o juiz, Mackenzie, e deve escolher.
– Não quero ser juiz.

Suspeito que isto faça parte do meu treino: olhar para o mundo com frieza, de modo calculado, racional, intelectual. Por favor, ligue minha cabeça ao meu coração para que eu possa ser uma pessoa completa. Não quero ser o juiz.

28 de AGOSTO

– Não posso. Não posso. Não vou! – gritou ele... A mulher simplesmente ficou parada, esperando. Por fim ele a encarou, implorando com os olhos: – Eu não posso ir no lugar deles? Pode ser? Eu poderia fazer isso? Por favor, deixe-me ir no lugar dos meus filhos, por favor, eu ficaria feliz em... Por favor, estou implorando.

Esse amor, que me faria sofrer a dor dos meus filhos se eu pudesse, ou até morrer no lugar deles, esse sentimento profundo só pode ter sua origem na maneira como você ama.

29 de AGOSTO

– Mackenzie, Mackenzie – sussurrou a mulher. – Agora você está falando como Jesus. Você julgou bem, Mackenzie. Estou orgulhosa!

Quando amamos da forma como você ama, com esse amor generoso e altruísta, estamos plenamente dispostos a enfrentar nossa própria condenação para que um de nossos irmãos ou irmãs deixe de sofrer. Esse é o mistério do seu amor que quero que seja uma constante em minha vida.

30 de AGOSTO

– Mas eu não julguei nada – disse Mack, confuso.
– Ah, julgou sim. Você julgou que eles são merecedores de amor, mesmo que isso lhe custe tudo. É assim que Jesus ama.

É isso! O único juiz que quero ser é aquele que julga que os demais, que esta Criação e que até eu mesmo somos dignos de amor, custe o que custar. Papai, Jesus, Espírito Santo, por favor, sejam esse amor em mim.

31 de AGOSTO

– E agora você conhece o coração de Papai – acrescentou ela –, que ama todos os seus filhos com perfeição.

O mais próximo que cheguei de entender a profundidade do seu amor foi quando senti esse amor misterioso e disposto a encarar a própria morte, que tenho pelos meus filhos. E então, escuto você sussurrar: "Ora, se vós que sois maus sabeis dar boas dádivas aos vossos filhos, quanto mais vosso Pai que está nos céus dará boas coisas aos que lhe pedem!" (Mateus 7:11)

1º de SETEMBRO

– Eu amo Papai, quem quer que ela seja. Ela é incrível, mas não é nem um pouco como o Deus que eu conheço.
– Talvez sua ideia de Deus esteja errada.

É ao mesmo tempo aterrorizante e libertador descobrir que estávamos totalmente enganados a seu respeito. Atanásio disse: "O Deus de todos é bom e de uma nobreza suprema por natureza. Portanto, ele ama a raça humana."

2 de SETEMBRO

– Deus usou-a para me castigar pelo que eu fiz com o meu pai? Isso não é justo. Ela não merecia. Eu poderia merecer, mas ela, não.
– É esse o seu Deus, Mackenzie? Não é de espantar que você esteja afogado na tristeza. Papai não é assim, Mackenzie... Isso não foi feito por ele.

Eu achava que às vezes você fazia o mal por "bons" motivos. Essa é uma das mentiras em que acreditava e que me impediam de confiar em você. Eu estava enganado... de novo.

3 de SETEMBRO

– Ele não impede um monte de coisas que lhe causam dor. O mundo de vocês está seriamente deturpado. Vocês exigiram a independência e agora têm raiva daquele que os amou o bastante para lhes dar o mundo. Nada é como deveria ser, como Papai deseja que seja e como será um dia. Neste momento seu mundo está perdido na escuridão e no caos, e coisas horríveis acontecem com aqueles de quem ele gosta especialmente.

Você é espantoso! Respeita até nossos desejos mais sombrios e nos conduz com amor em direção à luz, sem nenhuma imposição.

4 de SETEMBRO

– Então por que ele não faz algo a respeito?
– Ele já fez...
– Quer dizer, o que Jesus fez?
– Você não viu os ferimentos em Papai também?
– Ele escolheu o caminho da cruz, onde a misericórdia triunfa sobre a justiça por causa do amor.

A cruz – o mistério mais terrível e majestoso do Universo. Amor generoso e altruísta! Não consigo entender.

5 de SETEMBRO

– Mas ainda não entendo por que Missy teve de morrer.
– Ela não teve, Mackenzie. Isso não foi nenhum plano de Papai. Papai nunca precisou do mal para realizar seus bons propósitos. Foram vocês, humanos, que abraçaram o mal, e Papai respondeu com bondade. O que aconteceu com Missy foi trabalho do mal e ninguém no seu mundo está imune a ele.

Obrigado por nunca nos forçar em direção ao amor, à cura e à liberdade. Às vezes, quero que você me "conserte", mas, no fundo do coração, sei que o verdadeiro amor não age dessa forma.

6 de SETEMBRO

– Retorne de sua independência, Mackenzie. Desista de ser juiz de Papai e conheça-o como ele é. Então, no meio de sua dor, você poderá abraçar o amor dele, em vez de afastá-lo com sua percepção egocêntrica de como você acha que o Universo deveria ser. Papai se arrastou para dentro do seu mundo para estar com vocês, para estar com Missy.

Senhor Deus, eu desisto. Ensine-me quem você é.

7 de SETEMBRO

– Não quero mais ser juiz. Realmente quero confiar em Papai.
– Agora isso parece o início da viagem para casa.

E aqueles de nós que somos órfãos de coração observamos o mundo de fora para dentro. O chamado do nosso "lar" é quase inaudível, mas somos sempre atraídos em sua direção.

8 de SETEMBRO

– Esta vida é apenas a antessala para uma realidade maior que virá. Ninguém realiza plenamente o próprio potencial no seu mundo. É apenas um preparativo que Papai tinha em mente o tempo todo.

Já não estou ofuscado pelas minhas próprias opiniões. Estou pasmo, sem palavras, por alguém ter me escutado. Sou deplorável, e ainda assim estou destinado à eternidade. Você realmente sabia o que estava fazendo quando me incluiu em seus planos?

9 de SETEMBRO

– Mackenzie, julgar não é destruir, mas consertar as coisas.

Punições nunca consertaram nada. Eu pensava que você era um deus punitivo, que pretendia fazer as pessoas pagarem pelos seus erros. Então Jesus surgiu, e eu descobri que você estava lá para pagar pela confusão que as pessoas criaram.

10 de SETEMBRO

Sua companheira constante, a Grande Tristeza, havia sumido. Era como se tivesse sido lavada na névoa da cachoeira enquanto ele emergia por baixo da cortina d'água. A ausência era estranha, talvez até desconfortável. Nos anos anteriores ela havia definido para ele o que era um estado normal, mas agora tinha desaparecido inesperadamente. "O normal é um mito", pensou.

Minha noção de normalidade era que a dor estaria sempre presente, que ela seria eterna. A dor me deu um ponto de referência e, por estranho que pareça, tenho medo de perdê-lo.

11 de SETEMBRO

A Grande Tristeza não faria mais parte de sua identidade. Agora sabia que Missy não se importaria se ele se recusasse a usá-la. Na verdade, sua filha não iria querer que o pai se envolvesse naquela mortalha, e certamente sofreria se ele fizesse isso. Tentou imaginar quem ele passaria a ser, agora que estava se soltando de tudo aquilo – começar cada dia sem a culpa e o desespero que haviam sugado de tudo as cores da vida.

Que fazer agora? Quem sou eu sem essa dor a que tenho me agarrado por tanto tempo?

12 de SETEMBRO

— Adoro Sarayu — exclamou Mack enquanto se levantava, meio surpreso com sua própria transparência.
— Eu também! — declarou Jesus com ênfase.

Esqueço-me de que, em sua Unidade, vocês amam uns aos outros individualmente. Esqueço-me de que minha capacidade de amar dessa forma tem sua origem em você. Por favor, ajude-me a lembrar.

13 de SETEMBRO

— Na verdade, com ela tudo é normal e de uma simplicidade elegante. Como você está tão perdido e independente, acaba achando que até a simplicidade dela é profunda.

Agora percebo que, quanto mais complicado me torno, mais me afasto da minha infância. As crianças correm em nossa direção sem medo, enquanto os adultos se escondem nas sombras e esperam ser convidados. Em algum momento, acreditamos na mentira de que não somos mais crianças.

14 de SETEMBRO

— Você perguntou se "alguma coisa disso tudo é real". Muito mais do que você pode imaginar. — Jesus parou um momento para captar toda a atenção de Mack. — O melhor seria perguntar: "O que é real?"

Permiti que meus cinco sentidos definissem o que é a "realidade". Mas como colocar em um tubo de ensaio o amor, o encantamento, a alegria, a graça e a gentileza, o riso e a amizade, a dignidade e o destino? Por favor, ensine-me a relaxar e permitir que o que é invisível se torne plenamente "real" e misterioso.

15 *de* SETEMBRO

Jesus pôs a mão no ombro de Mack e falou gentilmente:
– Mack, ela jamais esteve sozinha. Eu nunca a deixei. Nós não a deixamos sequer por um instante. Eu não poderia abandoná-la, nem você, assim como não poderia abandonar a mim mesmo... Missy podia ter apenas 6 anos, mas nós somos amigos. Nós conversamos.

Você nunca me abandonou quando brandi meu punho diante do seu rosto ou quando o amaldiçoei. Quando fugi, você permaneceu mais perto de mim do que a minha própria respiração, e esperou. Se não me abandonou quando me rebelei, por que sou tentado a crer que me abandonará quando mais preciso?

16 *de* SETEMBRO

As lágrimas escorriam soltas, mas Mack notava que agora era diferente. Não estava mais sozinho.

Obrigado!

17 *de* SETEMBRO

Ficou um pouco surpreso quando seu primeiro passo encontrou o fundo do lago abaixo dos tornozelos. A água [então] chegou até o meio das canelas e, no passo seguinte, logo abaixo dos joelhos. Olhou para trás e viu Jesus parado na margem com os braços cruzados diante do peito, olhando-o. Não sabia por que dessa vez não tinha funcionado, mas decidiu continuar tentando.
– Isso sempre funciona melhor quando a gente faz junto, não acha? – perguntou Jesus, sorrindo.

Agora entendi: você não me cura para que eu possa me tornar independente. Você me cura para eu participar.

18 de SETEMBRO

– Estou vendo que ainda tenho mais coisas para aprender.
Pouco importava que tivesse de atravessar o lago a nado ou andar sobre a água, por mais maravilhoso que isso fosse. O que importava era ter Jesus ao seu lado. Talvez estivesse começando a confiar nele.

Não tenho medo do holofote quando sei que a luz que me ilumina gosta especialmente de mim.

19 de SETEMBRO

– Obrigado por estar comigo, por falar comigo sobre Missy. Na verdade, não tenho falado sobre esse assunto com ninguém. É uma história apavorante demais. Agora já não está com a mesma força.
– A escuridão esconde o verdadeiro tamanho dos medos, das mentiras e dos arrependimentos – explicou Jesus. – A verdade é que eles são mais sombra do que realidade, por isso parecem maiores no escuro. Quando a luz brilha nos lugares onde eles vivem no seu interior, você começa a ver o que são realmente.

Sei que meu silêncio aumenta a escuridão que torna as mentiras e os medos maiores. A partir de agora, quero viver debaixo da luz.

20 de SETEMBRO

– O que faço agora, então?
– O que já está fazendo, Mack: aprendendo a viver sendo amado.

Será ousadia demais acreditar que é tão simples? Que basta aprender a viver sendo amado, sem nenhum outro plano? Ficarei calado agora, esperando sua resposta.

21 de SETEMBRO

– O que desejamos é que você "re-torne" para nós. Então faremos nossa casa dentro de você e vamos compartilhar. A amizade é real e não meramente imaginada. Nós fomos destinados a experimentar esta vida, a sua vida, juntos, num diálogo, compartilhando a jornada.

Jesus, você atravessou todos os mundos até nos encontrar. Agora nos convida a caminhar ao seu lado num relacionamento honesto, e promete que, se fizermos assim, a vida que compartilha com seu Pai e com o Espírito Santo se expressará com força cada vez maior dentro e através de nós.

22 de SETEMBRO

Mack ficou olhando, pasmo, enquanto Jesus saltava de um lado para outro, tentando acompanhar o peixe. Enfim desistiu e olhou para Mack, empolgado como um menininho.
– Não é fantástico? Provavelmente nunca vou conseguir pegá-lo.
– Jesus, por que simplesmente não ordena que ele... morda seu anzol?
– Mas qual seria a graça disso?

Às vezes é difícil acreditar que o Senhor de todas as coisas se tornou totalmente humano, e que "divertir-se" é tão importante para ele quanto para mim.

23 de SETEMBRO

Mack não sabia se ria ou chorava. Percebia o quanto havia passado a amar aquele homem, aquele homem que também era Deus.

Algo em você sempre me atraiu, Jesus. Será ousadia demais admitir, até para mim mesmo, que eu realmente o amo? Eu amo você! É verdade! Eu amo você!

24 de SETEMBRO

– Você já notou que, em sua dor, presume sempre o pior a meu respeito? Estive falando com você durante bastante tempo, mas hoje foi a primeira vez que você pôde ouvir. Não pense que todas aquelas outras ocasiões foram um desperdício. Como pequenas rachaduras na parede, uma de cada vez, mas entrelaçadas, elas o prepararam para hoje. É preciso demorar um tempo preparando o solo se quiser que ele acolha a semente.

Obrigado por não me avaliar a partir da distância infinita de um coração que desaprova, mas por fazer parte do meu processo.

25 de SETEMBRO

– Não sei por que resistimos a isso, por que resistimos tanto a você. Agora parece meio idiota.
– Tudo tem a ver com o momento da graça, Mack. Cada escolha cria ondulações ao longo do tempo e dos relacionamentos, ricocheteando em outras escolhas. E, a partir do que parece uma confusão enorme, Papai tece uma tapeçaria magnífica. Só Papai pode resolver tudo isso, e ela o faz com graça.

Hoje, curvo-me diante da sua sabedoria e da generosidade do seu coração, da gentileza da sua graça e da sua vontade. Você é o Grande Tecelão. Por favor, pegue minhas cores e acrescente-as às suas para criar algo magnífico.

26 de SETEMBRO

– Então acho que tudo que posso fazer é segui-la – concluiu Mack.
– Isso mesmo. Você está começando a entender o que de fato significa ser humano.

Você está me dizendo que não tinha um plano maravilhoso traçado para minha vida, e que eu o arruinei e não soube aproveitar? Não esperava que eu já "tivesse chegado mais longe", nem está com raiva de mim ou desapontado?

27 de SETEMBRO

– Bom, Mack, nosso destino final não é a imagem do Céu que você tem na cabeça. Você sabe, a imagem de portões adornados e ruas de ouro. O Céu é uma nova purificação do Universo, de modo que vai se parecer bastante com isso aqui.

Parte do meu medo da morte é que eu precise abandonar esse lar que tanto amo, com todo o seu saboroso esplendor, e partir para um lugar asséptico e estéril, marcado pelo tédio e enfeitado com joias falsas. O fato de este Universo fazer parte do meu destino me dá esperança.

28 de SETEMBRO

– É uma imagem da minha noiva, a Igreja: indivíduos que juntos formam uma cidade espiritual com um rio vivo fluindo no meio e, nas duas margens, árvores crescendo com frutos que curam as feridas e os sofrimentos das nações. Essa cidade está sempre aberta e cada portão que dá acesso a ela é feito de uma única pérola...

Quero fazer parte de uma Igreja viva, da qual flui um rio de águas vivas, que existe para curar as feridas e os sofrimentos das nações. Estamos profundamente machucados e cheios de tristeza.

29 de SETEMBRO

– Isso sou eu! – Ele percebeu a dúvida de Mack e explicou: – Pérolas, Mack. A única pedra preciosa feita de dor, sofrimento e, finalmente, morte.

Jesus, você é nosso portão sempre aberto. Obrigado por suportar nossa ira, nosso escárnio, nossa brutalidade, e emergir como uma pedra preciosa que serve de alicerce para construirmos nossas vidas.

30 de SETEMBRO

– Entendi. Você é a entrada, mas... está falando da Igreja como essa mulher por quem está apaixonado. Tenho quase certeza de que não conheço essa Igreja. Não é certamente o lugar aonde eu vou aos domingos.

Muitos de nós somos cínicos e tristes. Confundimos sistemas e empreendimentos religiosos com a verdade, mas, em vez de procurá-la, achamos mais fácil sentir raiva da sua imitação. Cure nossos olhos para que possamos descobri-la, seja escondida dentro de um sistema, ou fluindo livremente.

1º de OUTUBRO

– É simples, Mack. Tudo só tem a ver com os relacionamentos e com o fato de compartilhar a vida. É exatamente o que estamos fazendo agora, apenas isso, sendo abertos e disponíveis um para o outro. Minha Igreja tem a ver com as pessoas, e a vida tem a ver com os relacionamentos. Você não pode construí-la. É o meu trabalho e, na verdade, sou bastante bom nisso.

Sei que a vulnerabilidade e a autenticidade geram a mesma coisa, que ambas são essenciais para a comunhão. Vejo isso em você. Quero que as outras pessoas vejam o mesmo em mim.

2 de OUTUBRO

Para Mack essas palavras foram como um sopro de ar puro! Simples. Não um monte de rituais exaustivos e uma longa lista de exigências, nada de reuniões intermináveis com pessoas desconhecidas. Simplesmente compartilhar a vida.

George MacDonald certa vez disse: "Qual seria a criança que iria preferir um sermão a uma pipa... com Deus como companheiro de brincadeiras e um vento azul a soprá-la rumo à imensidão dourada! Talvez você possa abandonar tudo isso para morrer pelos seus irmãos – mas não para participar de um interminável grupo de orações."

3 de OUTUBRO

Parecia simples demais. Ele refletiu mais um pouco. Talvez nós humanos estejamos tão perdidos e independentes que complicamos o que na verdade é simples. Por isso pensou duas vezes antes de mexer com o que estava começando a entender. Fazer seu monte confuso de perguntas nesse momento seria como jogar um bocado de lama num pequeno lago de águas límpidas.

Ajude-me a permanecer nesse momento de simples compreensão, e não sair correndo para encontrar algo mais. Por enquanto, permita que isso me baste.

4 de OUTUBRO

– Mack, você não precisa entender tudo. Simplesmente esteja comigo.

Sempre tive necessidade de entender tudo. "Estar" simplesmente com você, abrir mão do controle e confiar no relacionamento que está no centro de tudo me enche de uma esperança perturbadora.

5 de OUTUBRO

– Por mais bem-intencionada que seja, você sabe que a máquina religiosa é capaz de engolir as pessoas! – disse Jesus, num tom meio cortante. – Uma quantidade enorme das coisas que são feitas em meu nome não tem nada a ver comigo. E frequentemente são muito contrárias aos meus propósitos.

E mesmo assim você ama os membros das igrejas... você me ama. Esses fiéis que causam tanto estrago são meus companheiros. Em você, há esperança para todos nós.

6 de OUTUBRO

– Eu não crio instituições. Nunca criei, nunca criarei – disse Jesus. – O casamento não é uma instituição. É um relacionamento.

Que grande dádiva! Se permitirmos, não há nada melhor do que o casamento para acabar com o egocentrismo e trazer à tona parte dos tesouros mais preciosos que estão enterrados na alma.

7 de OUTUBRO

– As pessoas têm medo da incerteza, do futuro. Essas instituições, essas estruturas e ideologias são um esforço inútil de criar algum sentimento de certeza e segurança onde nada disso existe. É tudo falso! Os sistemas não podem oferecer segurança, só eu posso.

Parece que estamos mais dispostos a confiar "no que construímos com nossas próprias mãos", nos sistemas e nas instituições que criamos, do que em você. Talvez achemos que nossas obras são mais fáceis de controlar. Mas então descobrimos que o controle é um mito, e que somos escravos daquilo que criamos. Obrigado por não nos abandonar nas mãos de nossos próprios engenhos hostis.

8 de OUTUBRO

– Não tenho nenhum outro plano, Mack. Pelo contrário! – exclamou Jesus. – Eu vim lhes dar a vida na totalidade. Minha vida. A simplicidade e a pureza de desfrutar uma amizade crescente.

Passei a vida tentando criar paz, esperança e alegria, e acabei fingindo que tinha conseguido. Jesus, você vive para ser amado, sem nenhum outro plano. Alcança nossa alma, depositando sua verdade em todos nós. Obrigado por compartilhar conosco uma vida tão extraordinária.

9 de OUTUBRO

– Se você tentar viver isso sem mim, sem o diálogo constante que estabelecemos ao compartilhar esta jornada juntos, será como tentar andar sobre a água sozinho. Você não pode! E quando tentar, por mais bem-intencionado que seja, vai afundar.

Obrigado por me respeitar o suficiente para permitir que eu tente sozinho. Obrigado, também, por me deixar afundar, por permitir que eu esgote meus próprios recursos e então olhe para cima e para além de mim mesmo. E obrigado por esperar que a minha tolice fracasse.

10 de OUTUBRO

– Você já tentou salvar alguém que estivesse se afogando?... É extremamente difícil resgatar alguém, a não ser que a pessoa esteja disposta a confiar em você... É só isso que eu lhe peço. Quando você começar a afundar, deixe-me resgatá-lo.

Finalmente admito: estou afundando! Já fiz minha parte. Por favor, faça a sua e me resgate. O quê? Não vai me resgatar do jeito que eu quero? Está dizendo que quer que eu confie "de verdade" em você, e não da boca para fora?

11 de OUTUBRO

Parecia um pedido simples, mas Mack estava acostumado a ser o salva-vidas e não o afogado.
– Jesus, não sei bem como...
– Deixe-me mostrar. Basta continuar me dando o pouco que você tem e juntos vamos vê-lo crescer.

Hoje, já nem sei ao certo onde está esse pouco. Então, por favor, vasculhe minha alma para encontrá-lo, e saiba que é o que desejo lhe dar. Quero que esse pouco cresça.

12 de OUTUBRO

– Sentado aqui com você, neste momento, não parece tão difícil. Mas quando penso na minha vida normal, em casa, não sei como manter o que você sugere. Estou preso na mesma necessidade de controle que todo mundo tem.

Suponho que terei de aprender a confiar que essa graça também estará presente em minha vida normal, cotidiana. Você é minha garantia.

13 de OUTUBRO

– Não sei como mudar tudo isso.
– Ninguém está pedindo que mude! – disse Jesus com ternura. – Esta é uma tarefa para Sarayu e ela sabe como fazer sem agredir ninguém. O importante é saber que tudo é um processo, e não um acontecimento.

Você sabe que eu não morro de amores por processos. Preferiria escolher uma pílula azul, ou fazer uma operação plástica radical na alma. Mas também sei que uma mudança verdadeira e duradoura leva tempo, e ouço você sussurrar que sou digno do seu tempo.

14 de OUTUBRO

– Só quero que você confie em mim o pouco que puder e que cresça no amor pelas pessoas ao seu redor com o mesmo amor que compartilho com você. Não cabe a você mudá-las nem convencê-las. Você está livre para amar sem qualquer obrigação.

Confesso que tento mudar as pessoas porque acredito que sou melhor nisso do que você. Não quero ter que esperar tanto. Também admito que minhas experiências nesse sentido não foram bem-sucedidas. É frustrante. As pessoas não querem cooperar. Entende o que eu digo? Está falando comigo?

15 de OUTUBRO
– As instituições, as ideologias e todos os esforços vãos e inúteis da humanidade estão em toda parte e é impossível deixar de interagir com tudo isso. Mas eu posso lhe dar liberdade para superar qualquer sistema de poder em que você se encontre, seja ele religioso, econômico, social ou político. Você terá uma liberdade cada vez maior de estar dentro ou fora de todos os tipos de sistemas e de se mover livremente entre eles. Juntos, você e eu podemos estar dentro do sistema e não fazer parte dele.

No fim das contas, o que quero é... ser livre!

16 de OUTUBRO
– Mas tanta gente de quem eu gosto parece fazer parte do sistema!
– Mack, eu as amo. E você comete um erro julgando-as. Devemos encontrar modos de amar e servir os que estão dentro do sistema, não acha? Lembre-se, as pessoas que me conhecem são aquelas que estão livres para viver e amar sem qualquer compromisso.

Jesus, você me disse certa vez que seu Pai não julga ninguém (João 5:22). Liberte-me para que eu possa ser assim.

17 de OUTUBRO
– Isso significa que todas as estradas levam a você? – perguntou Mack.
– De jeito nenhum – sorriu Jesus. – A maioria das estradas não leva a lugar nenhum. O que isso significa é que eu viajarei por qualquer estrada para encontrar vocês.

E foi o que fez! O importante para você nunca foi a estrada que eu escolhi, mas o fato de eu estar nela. Você chegou até a abandonar as 99 ovelhas só para encontrar a que se desgarrou... só para me encontrar.

18 de OUTUBRO

Papai estava reclinada numa velha cadeira, de olhos fechados, absorvendo o sol.
— O que é isso? Deus tem tempo de pegar um solzinho? Não tem nada melhor para fazer esta tarde?
— Você não faz ideia do que estou fazendo neste momento.

Emociono-me em saber que você está além da minha capacidade de compreensão, que é bom de uma maneira que não sou capaz de entender, que nunca faz nada por um só motivo, mas que seus propósitos são múltiplos e cheios de graça, que é incontrolável e que interfere. Ajoelho-me diante de você. Estou maravilhado.

19 de OUTUBRO

— Eu fui muito duro com você... Eu não fazia ideia de que estava julgando você. Foi terrivelmente arrogante... Sinto muito. Eu realmente não fazia ideia... — Mack balançou a cabeça, triste.
— Mas agora isso está no passado, que é o lugar onde deve estar. Não quero que fique triste com isso, Mack. Só quero que possamos crescer juntos.

Papai, livre-me da ânsia de julgar — mas vá devagar, pois não sei ao certo quanto de mim vai sobrar.

20 de OUTUBRO

— Ela adorava tanto aquela história [a lenda da princesa Multnomah]!
— É claro que sim. Por isso ela foi capaz de entender o que Jesus fez por ela e por toda a raça humana. As histórias sobre uma pessoa disposta a trocar sua vida pela de outra são um fio de ouro em seu mundo e revelam tanto suas necessidades quanto o meu coração.

Que meus olhos estejam abertos para vê-lo em toda a parte, mesmo em nossas fábulas e mitologias, em nossa poesia e contos de fadas, em nossas músicas e imagens — nessa trilha dourada que marca sua presença e história.

21 de OUTUBRO

– Mack, o fato de eu criar um bem incrível a partir de tragédias indescritíveis não significa que as orqueste. Nunca pense que, se eu uso algo para um bem maior, significa que eu o provoquei ou que preciso dele para realizar meus propósitos. Essa crença só vai levá-lo a ideias falsas a meu respeito. A graça não depende da existência do sofrimento, mas onde há sofrimento você encontrará a graça de inúmeras maneiras.

Perdoe-me por pensar que os fins justificam os meios, que o coletivo vale mais do que o indivíduo, que você é um lobo disfarçado de cordeiro.

22 de OUTUBRO

– Eu tinha me enganado totalmente sobre quem você é na minha vida.
– Não totalmente, Mack. Nós tivemos alguns momentos maravilhosos também.

Todas as vezes que admiti não ter compreendido a sua vida e o seu modo de ser, ouvi você falando comigo.

23 de OUTUBRO

– Mas sempre gostei mais de Jesus do que de você. Ele parecia tão bondoso e você tão...
– Má? É triste, não é? Jesus veio para mostrar como eu sou, e a maioria só acredita nisso com relação a ele. Ainda acham que fazemos o gênero "policial bom/policial mau", especialmente as pessoas religiosas. Quando querem que os outros façam o que elas acham certo, precisam de um Deus severo. Quando precisam de perdão, correm para Jesus.

Perdoe-me, Jesus, por acreditar em mentiras sobre seu Pai e contá-las para os outros.

24 de OUTUBRO

— Mas por que eu? Quer dizer, por que Mackenzie Allen Phillips? Por que você ama alguém tão ferrado? Depois de todas as coisas que eu senti em relação a você e de todas as acusações que fiz, por que você se incomodaria em vir ao meu encontro?
— Porque é isso que o amor faz — respondeu Papai.

Começo a entender que vocês, Jesus, Papai, Espírito Santo, amaram uns aos outros por toda a eternidade, e começo a acreditar que se relacionam com cada um de nós a partir da maneira como convivem. Isso muda tudo.

25 de OUTUBRO

— Eu não fico pensando nas escolhas que você fará. Eu já sei... quando na primeira vez você não me ouve, não fico frustrada nem desapontada, fico empolgada. Faltam só 46 tentativas.

Eu me esqueço tão facilmente de que você me conhece por inteiro que não sou capaz de surpreendê-lo nem de esconder algo de você. Esqueço que você se relaciona comigo a partir da maneira como me conhece, e isso é um consolo e uma esperança.

26 de OUTUBRO

— Isso não tem nada a ver com culpa. A culpa jamais vai ajudá-lo a encontrar a liberdade em mim. O máximo de que ela é capaz é fazer você se esforçar mais para se ajustar a alguma ética exterior. Eu me importo com o interior.

Eu me sinto obsessivamente culpado e arrependido. Tenho a sensação palpável de ser um fracasso, uma decepção. Importo-me tanto com a opinião dos outros que acabo agindo muitas vezes por pura vergonha. Preciso parar com isso, mas não sei como. Não quero viver dessa forma. Cure-me para que eu possa viver de dentro para fora.

27 de OUTUBRO

– Mas o que você disse... Quero dizer, sobre se esconder atrás de mentiras. Acho que fiz isso, de um modo ou de outro, durante a maior parte da vida.
– Querido, você é um sobrevivente. Não há vergonha nisso. Seu pai machucou você de um modo feroz. A vida machucou você. As mentiras são um dos lugares mais fáceis para onde os sobreviventes correm. Elas dão um sentimento de segurança, um lugar onde você só precisa contar consigo mesmo. Mas é um lugar escuro, não é?

É verdade! Sou um sobrevivente, um medroso, um mentiroso. Fujo da verdade e a escondo. Meu "sim" não é bem um "sim", e meu "não" raramente é um simples "não".

28 de OUTUBRO

– Assuma os riscos da honestidade. Quando fizer outra besteira, peça perdão de novo. É um processo, querido, e a vida é suficientemente real sem precisar ser obscurecida por mentiras. E, lembre-se, eu sou maior do que as suas mentiras. Posso agir para além delas. Mas isso não as torna certas nem impede o dano que causam ou a dor que provocam nos outros.

Não posso apenas me desculpar? Pedir desculpas me permite manter o poder e o controle, e é muito mais fácil do que pedir perdão.

29 de OUTUBRO

– A fé não cresce na casa da certeza.

Papai, não quero um dia chegar à velhice, olhar para trás e me perguntar: "Como teria sido assumir o risco de ter fé, de abandonar o controle e a certeza? Como teria sido confiar de verdade?" Não quero ser essa pessoa.

30 *de* OUTUBRO

– Minha vida dentro de você vai tomar conta do risco e da incerteza para transformá-lo. Por meio de suas escolhas, você passará a ser um contador de verdades e esse será um milagre muito maior do que ressuscitar os mortos.

Ser franco, autêntico, honesto, transparente, simplesmente um contador de verdades – essa seria a realização de um sonho. Quero que saiba que estou aberto ao milagre... e essa é a verdade.

31 *de* OUTUBRO

– Por favor, perdoe-me – disse finalmente.
– Já fiz isso há muito tempo, Mack. Se não acredita, pergunte a Jesus. Ele estava lá.

Você, o inocente, morreu pelos culpados. Que justiça mais estranha! Não foi fácil para você encontrar um caminho para penetrar na minha escuridão profunda e me chamar em direção à luz. Mesmo quando eu recuso, ainda sou encontrado, acolhido e abraçado. Mas sei que, enquanto estiver agarrado à escuridão, não conhecerei a alegria curativa de concluir o processo do perdão.

1º *de* NOVEMBRO

– As pessoas são persistentes quando se trata de garantir sua independência imaginária... Encontram sua identidade e seu valor na mutilação e os guardam com cada grama de força que possuem. Não é de espantar que a graça seja tão pouco atraente. Nesse sentido, você tentou trancar a porta do seu coração por dentro.

Sempre disse que queria uma existência plena, mas resisti quando fui convidado a fazer o necessário para alcançar a plenitude. Pareceu-me mais fácil acreditar que eu não tinha importância, embora o tempo todo você me diga o contrário.

2 de NOVEMBRO

– Mas não consegui.
– Porque meu amor é muito maior do que a sua estupidez – disse Papai, com uma piscadela. – Eu usei suas escolhas para atingir meus propósitos.

Acreditei no mito de que poderia manipulá-lo com palavras e truques religiosos, que de alguma maneira era mais poderoso e astuto do que você, que poderia encontrar uma maneira de obrigá-lo a deixar de me amar.

3 de NOVEMBRO

– O amor verdadeiro nunca força.

Obrigado!

4 de NOVEMBRO

– Se ao menos fosse tão simples, Mackenzie! Ninguém sabe de que horrores eu salvei o mundo, porque as pessoas não podem ver as coisas que jamais aconteceram.

Sou especialista em culpar você por tudo o que "dá errado". Por pensar que às vezes você era o culpado pelas coisas más, parei de lhe agradecer pelo sorriso da minha filha, pelo sabor de uma fruta madura, pela visão das ondas do mar, pela solidariedade de um gesto amigo...

Estava enganado. Então, hoje eu lhe agradeço por tudo isso e muito mais.

5 de NOVEMBRO

— Todo o mal decorre da independência, e a independência foi a escolha que vocês fizeram. Se fosse simples anular todas as escolhas de independência, o mundo que você conhece deixaria de existir e o amor não teria significado.

Como a independência nunca fez parte do seu modo de ser, ela é de fato a minha escolha, minha declaração e minha ruína. Obrigado por me incluir em sua dança de amor submisso, que parece tão estranha e, ao mesmo tempo, tão natural para o meu propósito.

6 de NOVEMBRO

— O mundo não é um playground onde eu mantenho todos os meus filhos livres do mal. O mal é o caos, mas não terá a palavra final.

Seu modo de ser é tão incrível e "estranho" que você está disposto a trabalhar incansavelmente para redimir nossas calamidades, mesmo quando nós o culpamos por todas elas.

7 de NOVEMBRO

— Se eu eliminar as consequências das escolhas das pessoas, destruo a possibilidade do amor. O amor forçado não é amor.

O amor genuíno requer liberdade e riscos genuínos. Jesus, obrigado por pagar o preço pelo que fizemos e continuamos fazendo com nossa liberdade. Obrigado, também, por permitir que soframos junto com você as consequências de nossas escolhas. Faz parte do nosso processo de crescimento.

8 de NOVEMBRO

– *Você e a Criação são incríveis, quer você entenda isso ou não. Vocês são absolutamente maravilhosos.*

A humanidade é tão dura consigo mesma. Somos nossos maiores críticos. Permita que possamos ver através dos seus olhos, para enxergarmos como somos mais maravilhosos do que jamais poderíamos imaginar.

9 de NOVEMBRO

– *Não se esqueça de que no meio de toda a sua dor e da sua mágoa você está rodeado por beleza, pela maravilha da Criação, pela arte, pela música, pela cultura, pelos sons de riso e amor, de esperanças sussurradas e de celebrações, de vida nova e de transformações, de reconciliação e perdão.*

Às vezes a escuridão me impede de recordar todas as alegrias que você me deu, todas as pessoas através das quais trouxe felicidade e encanto à minha vida. Hoje, agradeço-lhe por algumas dessas preciosas dádivas...

10 de NOVEMBRO

– *Então, que escolhas não deveriam ter sido feitas, Mackenzie? Será que eu nunca deveria ter criado? Será que Adão deveria ter sido impedido antes de escolher a independência? Que tal a escolha de ter outra filha, ou a escolha que fez seu pai de espancar o filho? Você exige sua independência, mas depois reclama por eu amá-lo o bastante para responder ao seu pedido.*

Estou sempre reclamando. Minhas acusações refletem minha falta de confiança em você. Ao contrário de mim, você não é fraco nem inseguro. Seu amor preenche o vazio criado pelas minhas reclamações. Obrigado!

11 de NOVEMBRO

– Meus propósitos não existem para o meu conforto nem para o seu. Meus propósitos são sempre e apenas uma expressão de amor. Eu me proponho a trabalhar a vida a partir da morte, a trazer a liberdade de dentro do que está partido, a transformar a escuridão em luz.

Eu acredito, Jesus, que não há qualquer escuridão em você ou no seu Pai, e certamente nenhuma no Espírito Santo. Você é uma família composta apenas de luz, amor e unidade, que respondeu à minha escuridão, mágoa e morte com salvação, cura e ressurreição.

12 de NOVEMBRO

– O que você vê como caos eu vejo como desdobramento. Todas as coisas devem se desdobrar, ainda que isso ponha todos aqueles que amo no meio de um mundo de tragédias horríveis, mesmo os que são mais próximos de mim.

No meio desse caos que chamamos de vida, abra meus olhos para que eu veja primeiro a presença e a redenção do Espírito Santo.

13 de NOVEMBRO

– É, eu adoro aquele garoto. – Papai afastou o olhar e balançou a cabeça. – Tudo tem a ver com ele, você sabe. Um dia vocês vão entender do que ele abriu mão. Simplesmente não existem palavras.

Papai, me ensinaram desde pequeno que Jesus teve que suportar sua ira, mas agora descubro que foi ao nosso ódio que ele se submeteu para vir ao nosso encontro e nos aceitar como somos – e que esse era o propósito de vocês três desde antes da Criação.
(Hebreus 12:3)

14 de NOVEMBRO

— Como disse, tudo tem a ver com ele. A Criação e a história têm tudo a ver com Jesus. Ele é o centro de nosso propósito e nele agora somos totalmente humanos, de modo que o nosso propósito e o destino de vocês estão ligados para sempre. De certa forma, apostamos todas as nossas fichas na humanidade. Não existe qualquer outro plano.

Jesus, você é a única esperança para mim como ser humano, para nós como humanidade, e para toda a Criação. Não consigo compreender a natureza de um amor tão imensamente generoso.

15 de NOVEMBRO

— Papai, pode me ajudar a entender uma coisa? O que exatamente Jesus realizou ao morrer?
Ela ainda estava olhando para a floresta.
— Ah — e balançou a mão. — Não muita coisa. Apenas a essência de tudo a que o amor se propunha desde antes dos alicerces da Criação — declarou Papai em tom casual.

Desde sempre, você pensou em cada um de nós e nunca se permitiu esquecer esse amor.

16 de NOVEMBRO

— Nunca houve dúvida de que conseguirei o que eu desejava desde o início. — Papai se inclinou e cruzou os braços sobre a mesa. — Querido, você perguntou o que Jesus realizou na cruz. Então agora me ouça com cuidado: a morte dele e sua ressurreição foram a razão pela qual eu agora estou totalmente reconciliado com o mundo.
— Com o mundo inteiro? Quer dizer, com os que acreditam em você, não é?
— Com o mundo inteiro, Mack.

São suas essas palavras, não minhas (2 Coríntios 5:18-19). Estou humilhado e desconcertado!

17 de NOVEMBRO

– Estou dizendo que a reconciliação é uma rua de mão dupla e eu fiz a minha parte, totalmente, completamente, definitivamente. Não é da natureza do amor forçar um relacionamento, mas é da natureza do amor abrir o caminho.

O que me impede de aceitá-lo? Por que resisto a todo esse amor? Por que fujo daquele que melhor me conhece e mais me ama?

18 de NOVEMBRO

– Você estava comigo o tempo todo? – perguntou Mack.
– Claro. Sempre estou com você.
– Então por que não percebi?
– O fato de você saber ou não nada tem a ver com o fato de eu estar aqui. Sempre estou com você. Às vezes quero que perceba especialmente a minha presença.

Eu costumava pensar que precisava senti-lo para acreditar. Quando de fato sinto sua presença, fico grato, mas não é mais fundamental. Estou começando a conhecê-lo. Hoje, eu confio e me entrego.

19 de NOVEMBRO

– Sempre poderei ver ou ouvir você como agora, mesmo quando estiver em casa?
– Mackenzie, eu sempre estarei com você, quer sinta minha presença ou não.
– Agora sei disso, mas vou escutar você?
– Vai aprender a ouvir meus pensamentos nos seus, Mackenzie – ela garantiu.

Você tem ideia de como sou surdo? Durante toda a vida, fui confundido por um monte de vozes. Ensine-me a reconhecer a sua, a ouvir seus pensamentos nos meus, a escutá-lo exatamente onde a vida acontece.

20 de NOVEMBRO

– E se eu errar?
Sarayu riu e o som parecia de água cascateando, como se fosse música.
– Claro que você vai errar. Todo mundo erra, mas você vai começar a reconhecer melhor minha voz à medida que nosso relacionamento for crescendo.

Ensine-me a rir de mim mesmo.

21 de NOVEMBRO

– Não quero errar – resmungou Mack.

– Ah, Mackenzie, os erros fazem parte da vida e Papai trabalha seus propósitos neles também.

Penso que esse é um sinal de crescimento para mim. Cheguei ao ponto em que ao menos aceito a possibilidade de errar. Mas ainda sou tão arrogante...

22 de NOVEMBRO

– As emoções são as cores da alma. Quando você não sente, o mundo fica opaco e sem cor. Pense em como a Grande Tristeza reduziu a gama de cores na sua vida para matizes monótonos, cinza e pretos.

Por favor, cure-me para que eu possa não só vivenciar todas as emoções possíveis, mas também realmente começar a confiar nelas. Obrigado pelas emoções!

23 de NOVEMBRO
– *Mackenzie! – Ela o repreendeu afetuosamente. – A Bíblia não lhe diz para seguir regras. Ela é uma imagem de Jesus. Ainda que as palavras possam lhe dizer como Deus é e o que Ele pode querer de você, é impossível fazer isso sozinho.*

Vai chegar o dia em que não precisaremos de regra alguma. Ficaremos horrorizados só de pensar em não amar nossos irmãos e irmãs mais do que a nós mesmos, e consideraremos uma honra extraordinária oferecer nossas vidas para o aperfeiçoamento deles. Não há arames farpados no reino de Deus.

24 de NOVEMBRO
– *A vida está Nele e em mais ninguém.*

Jesus, você é a origem e o sentido da minha existência. Sem você, nunca conseguiria conhecer a mim mesmo, muito menos o próximo.

25 de NOVEMBRO
– *É verdade que os relacionamentos são muito mais complicados do que as regras, mas as regras nunca vão lhe dar as respostas para as questões profundas do coração. E nunca irão amar você.*

Sei que meus relacionamentos são complicados por causa da mágoa e confusão que existe em mim, mas ser amado até por uma pessoa imperfeita é melhor do que se envolver com regras e expectativas.

26 de NOVEMBRO

— A religião tem a ver com respostas certas e algumas dessas respostas são de fato certas. Mas eu tenho a ver com o processo que leva você à resposta viva, e só ele é capaz de mudá-lo por dentro.

Sempre foi mais fácil estar certo do que amar.

27 de NOVEMBRO

— Então verei você de novo? — perguntou ele, hesitando.
— Claro. Você pode me ver numa obra de arte, na música, no silêncio, nas pessoas, na Criação, mesmo na sua alegria e na sua tristeza. Minha capacidade de me comunicar é ilimitada, vivendo e transformando, e tudo isso sempre estará sintonizado com a bondade e o amor de Papai.

Espírito Santo, ajude-me a remover meus "óculos de igreja" para ver o que realmente acontece no mundo de Jesus e abrir meu coração e minha mente para tudo o que você quer cantar para mim.

28 de NOVEMBRO

— E você irá me ouvir e me ver na Bíblia de modos novos. Simplesmente não procure regras e princípios. Procure o relacionamento: um modo de estar conosco.

Só poderei ver com olhos renovados se admitir que agora vejo as coisas de forma errada... É isto: agora vejo as coisas de forma errada.

29 de NOVEMBRO

– Mesmo assim não será o mesmo que ter você na proa do meu barco.
– Não, mas será muito melhor do que você pode imaginar, Mackenzie. E, quando você finalmente dormir neste mundo, teremos uma eternidade juntos, face a face.

Espírito Santo, ajude-me a ver você no dia a dia, nas conversas, no pôr do sol, nos risos e nas tristezas da minha vida. Obrigado por me conceder um futuro e uma esperança. Eu amo você.

30 de NOVEMBRO

Mack ouvia a conversa animada entre os três. Falavam e riam como velhos amigos que se gostavam e se conheciam mais intimamente do que qualquer outro ser humano. Mack sentia inveja da conversa despreocupada, mas respeitosa, e se perguntou como poderia compartilhar isso com Nan e talvez até com alguns amigos.

"Como posso vir a compartilhar disso?", é o que nos perguntamos. Na maior parte do tempo, não vejo como poderia chegar a esse ponto, mas, Espírito Santo, você é brilhante e consegue tudo.

1º de DEZEMBRO

– Por que vocês me amam, quando não tenho nada para lhes oferecer?
– Pense um pouco nisso, Mack – respondeu Jesus. – Você não experimenta uma forte sensação de liberdade ao saber que não pode nos oferecer nada, pelo menos nada capaz de acrescentar ou diminuir o que somos? Isso deve trazer um grande alívio, porque elimina qualquer exigência de comportamento.

"Não sou aceitável" é a mentira que se torna o mantra de nossas vidas. Mas somos aceitos, mesmo com todos os nossos defeitos, e quando essa liberdade nasce e se desenvolve em nossa alma ferida, começamos a inspirar amor e expirar graça.

2 de DEZEMBRO

– Então por que vocês nos deram esses mandamentos?
– Na verdade, queríamos que vocês desistissem de tentar ser justos sozinhos. Era um espelho para revelar como o rosto fica imundo quando se vive com independência.

Olhei para o espelho e vi a sujeira, a imundície das minhas escolhas. A religião exigiu que eu usasse o espelho para me limpar. Nunca deu certo, por mais que eu me esfregasse. Então você sussurrou que o espelho servia apenas para me apontar na sua direção, e que você lavaria meu coração e purificaria minha alma.

3 de DEZEMBRO

– Por isso Jesus realizou todas elas por vocês, para que elas não tivessem mais poder sobre vocês. E a Lei que antes impunha exigências impossíveis, com todas as suas proibições, se torna na verdade uma promessa que cumprimos em você.

Isso significa que, porque você vive em mim, eu me tornarei uma pessoa que não mente, não rouba, não comete adultério, não deseja o que o próximo possui, não cria falsos ídolos para adorar, etc.

4 de DEZEMBRO

– Só têm medo da liberdade os que não podem confiar que nós vivemos neles. Tentar manter a lei é na verdade uma declaração de independência, um modo de manter o controle.

Um cachorro molhado cheira mal como um gambá, mas ambos são um perfume delicioso para a alma quando estão ao lado de uma pessoa que acredita sinceramente que está agindo com retidão, ao obedecer rigorosamente à Lei.

5 de DEZEMBRO

— E, ao contrário do que você possa pensar, eu gosto demais da incerteza. As regras não podem trazer a liberdade. Elas só têm o poder de acusar.

É só quando eu não sei, quando estou em dúvida, que paro para pedir informações e ouço. Será que não estou mais perdido nos momentos em que tenho certeza de que sei para onde vou?

6 de DEZEMBRO

— Eu, ao contrário, dou a capacidade de reagir, e sua reação é estar livre para amar e servir em todas as situações. Por isso, cada momento é diferente, único e maravilhoso. Como sou sua capacidade de reagir livremente, tenho de estar presente em vocês. Se eu apenas lhes desse uma responsabilidade, não teria de estar com vocês. A responsabilidade seria uma tarefa a realizar, uma obrigação a cumprir, algo para vencer ou fracassar.

Capacidade de reagir versus responsabilidade; liberdade e relacionamento versus religião e desempenho... dois mundos opostos.

7 de DEZEMBRO

— Há a prontidão de estarmos juntos, de rirmos e falarmos. Essa prontidão não tem definição concreta: é viva, dinâmica, e tudo que emerge do fato de estarmos juntos é um dom único que não é compartilhado por mais ninguém. Mas o que acontece se eu mudar "prontidão" por "expectativa", verbalizada ou não? Subitamente a lei entra no nosso relacionamento. Nossa amizade viva se deteriora rapidamente e se torna uma coisa morta, com regras e exigências. Não tem mais a ver com nós dois, mas com o que se espera que os amigos façam ou com as responsabilidades de um bom amigo.

Não quero isso!

8 de DEZEMBRO

— Eu nunca tive expectativas com relação a você nem a ninguém. A ideia por trás disso exige que alguém não saiba o futuro ou o resultado, e esteja tentando controlar o comportamento do outro para chegar ao resultado desejado. Os humanos tentam esse controle principalmente por meio das expectativas. Eu o conheço e sei tudo sobre você. Por que teria uma expectativa diferente daquilo que já sei? Seria idiotice. E, além disso, como não tenho qualquer expectativa, vocês nunca me desapontam. – Papai

Eu ADORO isso em você!

9 de DEZEMBRO

— Você nunca ficou desapontado comigo? — Mack se esforçava para digerir isso.
— Nunca! — declarou Papai enfaticamente. — O que tenho é uma confiança constante e viva no nosso relacionamento e lhe dou a capacidade de reagir a qualquer situação e circunstância em que você se encontrar.

Nunca, em nenhum dos milhares de sermões que ouvi, suspeitei de que meu Senhor não tivesse expectativas em relação a mim. Todo o mundo religioso gira em torno da ameaça das expectativas e do julgamento divinos. O que vai acontecer quando finalmente compreendermos a verdade?

10 de DEZEMBRO

— Se passar a contar com expectativas e responsabilidades, você não me conhece nem confia em mim.
— É pela mesma razão — exclamou Jesus — você vive no medo!

A ideia de que Papai não esteja desapontado comigo é fantástica. Como é possível? Deus não sente aversão por mim e pelos meus problemas? Parece impossível. Mas, por incrível que pareça, é verdade! Você me envolveu no seu amor.

11 de DEZEMBRO
— Se você puser Deus no topo, o que isso realmente significa? Quanto tempo você me dá antes de poder cuidar do resto do seu dia, da parte que lhe interessa muitíssimo mais?
Papai interrompeu de novo.
— Veja bem, Mackenzie, eu não quero simplesmente um pedaço de você e da sua vida. Mesmo que você pudesse, e não pode, me dar o pedaço maior, não é isso que eu quero. Quero você inteiro e todas as partes de você e do seu dia.

Também quero o mesmo.

12 de DEZEMBRO
Agora Jesus falou de novo.
— Mack, não quero ser o primeiro numa lista de valores. Quero estar no centro de tudo.

E você está! Tudo o que amamos, tudo o que nos oprime, a música de nossas almas, os anseios, as mágoas, as alegrias – tudo se origina de você, Jesus, e de sua relação com o Pai e o Espírito Santo. Ajude-me a parar de tentar me relacionar com você como se você fosse uma prioridade.

13 de DEZEMBRO
— Em vez de uma pirâmide, quero ser como o centro de um móbile, onde tudo em sua vida – seus amigos, sua família, seu trabalho, os pensamentos, as atividades – esteja ligado a mim, mas se movimentando ao vento, para dentro e para fora, para trás e para a frente, numa incrível dança do ser.
— Nada é um ritual, Mack – disse Papai.

Sou grato pelas tradições, celebrações e pelos ritos que centralizam meus pensamentos e até meu coração, mas se perco a noção do que essas coisas significam e para onde apontam, elas se tornam um veneno mortal.

14 de DEZEMBRO

— Papai, desculpe! Papai, eu amo você! — A luz de suas palavras pareceu explodir, afastando a escuridão das cores do pai de Mack, transformando-as em vermelho--sangue. Os dois trocaram palavras soluçantes de confissão e perdão. E um amor maior do que qualquer um dos dois os curou.

É libertador perceber o que meu pai teve que enfrentar na vida, e como ele fez o melhor que pôde com o que recebeu. Todos precisamos ser perdoados. Todos precisamos perdoar.

15 de DEZEMBRO

Mack balançou a cabeça.
— Ainda está brincando comigo, não é?
— Sempre — disse ele com um sorriso. E, respondendo à pergunta seguinte de Mack, antes que ela fosse feita: — Nesta manhã você vai precisar de um pai. Vamos indo.
Mack assentiu. Não se incomodou em perguntar aonde iria. Se Papai desejasse que ele soubesse, teria dito.

Confiança! Ela parece demorar tanto a surgir, mas quando consigo vê-la, mesmo de relance, ela me faz sorrir.

16 de DEZEMBRO

— Estamos completando o círculo. Perdoar seu pai ontem foi extremamente importante para você poder me conhecer como pai hoje... Hoje estamos na trilha da cura para encerrar essa parte da sua jornada. Não só para você, mas para outras pessoas também.

Mágoas, horrores e traumas deixam marcas na alma. Nenhum homem jamais machucou seu filho sem se machucar gravemente também. Claro que isso não é desculpa! Mas certamente abre a porta da compaixão.

17 de DEZEMBRO

– Nesse ponto tudo o que tenho a lhe oferecer como resposta é o meu amor, minha bondade e meu relacionamento com você. Eu não tive a intenção de fazer Missy morrer, mas isso não significa que não possa usar a morte dela para o bem.

Às vezes, acho que quero uma resposta, mas o que realmente desejo é saber que você entende, que está próximo o suficiente para enxugar minhas lágrimas, para eu sentir sua ternura, perceber que você está aqui do meu lado. Obrigado por saber que quando as palavras não conseguirem curar meu coração, sua presença o curará.

18 de DEZEMBRO

– Confio em você... – De repente irrompeu esse novo pensamento, surpreendente e maravilhoso. – Papai, eu confio em você!

Quero mesmo confiar em você! Você sabe que sim. E sabe também que tenho medo do que isso possa significar.

19 de DEZEMBRO

– Isso não é para envergonhar você. Não uso humilhação, nem culpa, nem condenação. Elas não produzem uma fagulha de plenitude ou de justiça, e por isso foram pregadas em Jesus na cruz.

Sei que a vergonha destruiu minha capacidade de distinguir entre uma observação e uma afirmação categórica. Luto desesperadamente para esconder o óbvio, e reajo com violência quando alguém, até mesmo você, aponta alguma imperfeição em mim. Sinto-me tão envergonhado por não ser mais, por não ser melhor, por estar abaixo das expectativas. Cure-me para que eu possa me sentir em casa dentro do meu próprio coração, com todas as suas imperfeições.

20 de DEZEMBRO

– Perdoar não significa esquecer, Mack. Significa soltar a garganta da outra pessoa.

Para ser franco, passei boa parte da vida agarrando minha própria garganta. Libertar-me, livrar-me do meu próprio julgamento tem sido um processo muito duro. A compaixão floresce no solo da autoconsciência, no convite à autoaceitação, e nada disso foi possível até começar a ver seu sorriso.

21 de DEZEMBRO

– O perdão não estabelece um relacionamento. Em Jesus eu perdoei todos os humanos por seus pecados contra mim, mas só alguns escolheram relacionar-se comigo.

Eu sei que seu perdão foi definitivo, mas agradeço por você não se contentar com isso e continuar a tentar incansavelmente se relacionar conosco.

22 de DEZEMBRO

– O perdão não cria um relacionamento. A não ser que as pessoas falem a verdade sobre o que fizeram e mudem a mente e o comportamento, não é possível um relacionamento de confiança. Quando você perdoa alguém, certamente liberta essa pessoa do julgamento, mas, se não houver uma verdadeira mudança, não pode ser estabelecido nenhum relacionamento verdadeiro.

Agora compreendo por que a confissão (quando admitimos para o outro que agimos mal com ele) e o arrependimento (para mudar minha mentalidade e minhas ações com o tempo) são essenciais em um relacionamento. Ajude-me a ser corajoso.

23 de DEZEMBRO

– *Quando Jesus perdoou os que o pregaram na cruz, eles deixaram de dever qualquer coisa, tanto a ele quanto a mim. No meu relacionamento com aqueles homens, jamais falarei do que eles fizeram, nem irei envergonhá-los ou constrangê-los.*

Mesmo assim, sei que os deixará confessar a você o que fizeram e se arrepender, como você fez comigo. É uma dádiva dura, porém maravilhosa, que cura nosso coração.

24 de DEZEMBRO

– *O perdão existe, em primeiro lugar, para aquele que perdoa, para libertá-lo de algo que vai destruí-lo, que vai acabar com sua alegria e capacidade de amar integral e abertamente. Quando você escolhe perdoar o outro, você o ama melhor.*

Eu repetirei até não restarem dúvidas	E duas vezes seu escravo
Mesmo que precise dizer um milhão de vezes	E juntos talvez possamos reunir um dia
Vou sussurrar que o perdoo	O que resta do amor ferido
Até me livrar das garras da morte	Invadidos pela ternura
Que fizeram de mim uma vez seu mestre	Do Leão e da Pomba

25 de DEZEMBRO

Saindo da escuridão, surgiu Jesus e o pandemônio irrompeu. Ele vestia uma roupa branca e usava na cabeça uma coroa simples de ouro, mas era, em cada centímetro do seu ser, o rei do Universo. Seguiu pelo caminho que se abriu à sua frente até chegar ao centro – o centro de toda a Criação, o homem que é Deus e o Deus que é homem. Luz e cor dançavam e teciam uma tapeçaria de amor para ele pisar... Tudo que respirava cantava uma canção de amor e agradecimento sem fim. Nessa noite o Universo era como devia ser.

26 de DEZEMBRO
— O perdão não exige de modo algum que você confie naquele a quem perdoou. Mas, caso essa pessoa confesse e se arrependa, você descobrirá em seu coração um milagre que irá lhe permitir estender a mão e construir uma ponte de reconciliação entre os dois. Algumas vezes, e isso talvez pareça incompreensível para você agora, essa estrada pode até levar ao milagre da confiança totalmente restaurada.

Ó Misericordioso Curador de todas as dores e Pai de toda a clemência, por favor, ouça minha prece angustiada por todos os seus filhos perdidos e feridos. Estamos em guerra contra nós mesmos e uns contra os outros. Precisamos de um milagre.

27 de DEZEMBRO
— Jamais desconsidere a maravilha das suas lágrimas. Elas podem ser águas curativas e uma fonte de alegria. Algumas vezes são as melhores palavras que o coração pode falar... Este mundo está cheio de lágrimas, mas, se você lembra, prometi que seria eu quem iria enxugá-las de seus olhos.

Depois que você curou meu coração e compartilhou seu desejo e seu amor comigo, meus olhos se enchem de lágrimas com mais frequência. Obrigado por isso. Lembro-me de quando não conseguia chorar.

28 de DEZEMBRO
— O que eu faço lá em casa é importante? Eu apenas trabalho e cuido de minha família e dos amigos...
Sarayu o interrompeu:
— Mack, se alguma coisa importa, tudo importa. Como você é importante, tudo o que faz é importante.

Ontem, eu dormi até as 10 horas, assisti a uma partida de futebol, dei comida para o cachorro, lavei a louça, conversei um pouco sobre nada em especial, e peguei no sono em minha poltrona às 21h30. Obrigado! Todo dia é sagrado. Tudo importa.

29 de DEZEMBRO

– Todas as vezes que você perdoa, o Universo muda; cada vez que estende a mão e toca um coração ou uma vida, o mundo se transforma; a cada gentileza e serviço, visto ou não visto, meus propósitos são realizados e nada jamais será igual.

Posso encarar sua presença como uma morada, e não como uma visita? Você não escolheu reinar sem nós. Obrigado por querer minha participação.

30 de DEZEMBRO

Se você tiver chance de passar um tempo com Mack, logo vai perceber que ele está esperando uma nova revolução, uma revolução de amor e gentileza – uma revolução provocada por Jesus, pelo que ele fez por nós e continua a fazer em um mundo que tem fome de reconciliação e de um local que possa chamar de lar.

Essa revolução teve início na Criação, mas é uma novidade para nós. Uma revolução de amor e uma transformação milagrosa.

31 de DEZEMBRO

Não é uma revolução que pretenda derrubar nada, ou, se derrubar, fará isso de um modo que jamais poderemos imaginar antecipadamente. Serão os poderes silenciosos e cotidianos de morrer, servir, amar e rir, de ternura simples e gentileza gratuita, porque, se alguma coisa importa, todas as coisas importam.

Pai, Filho e Espírito Santo, quero "ser" dentro da sua vida e do seu amor, e aprender com você em meio à paz das graças cotidianas. Conceda-nos olhos para que possamos ver você e sua bondade eterna no momento em que nos despedimos de um ano e abrimos nosso coração para o próximo.

PESSOAS QUE COLABORARAM PARA ESSAS REFLEXÕES

Alexandra (Lexi) Young – uma poetisa que enxerga além da superfície e traz à tona a honestidade e a clareza do próximo. É uma tradutora: ajuda a construir pontes entre as pessoas e seus corações.

Amy Young – uma jovem cheia de ternura, loucamente apaixonada por tudo o que é verdadeiro. É compassiva e sabe entrar no mundo de outra pessoa e ouvi-la. Seus pontos de vista são categóricos e sólidos, e seu senso de justiça, profundo e inabalável.

C. Baxter Kruger – um homem brilhante, um cavalheiro e um teólogo que obteve o título de ph.D. na Universidade de Aberdeen, na Escócia. Escreveu vários livros, entre eles, *De volta à cabana*. Saiba mais sobre ele em www.thegreatdance.org.

Danny Ellis – cantor e compositor irlandês, responsável por criar um de meus álbuns favoritos, *800 Voices* (prestes a se tornar um livro e peça teatral). Para você ter uma ideia, ele é instrutor de canto de David Wilcox... Saiba mais sobre Danny em www.dannyellismusic.com.

David Garratt – notória figura pública neozelandesa que, junto com sua esposa, Dale, criou o selo musical Scripture in Song, que teve um impacto profundo na música de louvor e adoração nas décadas de 1960 e 1970. Como eu, Dave é encantado por culturas nativas e suas contribuições são únicas. Saiba mais em www.davidanddalegarratt.com.

Deb Copeland – palestrante motivacional aposentada do mundo empresarial norte-americano. Ela e seu marido, Don Lucci, consideram-se servos de Deus e, entre as várias causas que apoiam, apadrinharam 75 crianças órfãs no Quênia. Adotaram e criam duas crianças guatemaltecas e uma menina russa, além de terem três filhos adultos. www.livetogiveagodthing.org.

John MacMurray – um teólogo e fotógrafo da vida selvagem cujo trabalho já ilustrou as páginas de prestigiosas revistas como a *National Geographic* e a *Sierra Club*. Confira alguns de seus trabalhos em www.creationcalendars.com.

Larry Gills – um havaiano que é meu amigo há mais de 30 anos e que me serve de conselheiro. Nas horas vagas, ensina pessoas a voar. Tem grande importância em minha vida.

Lisa Closner – esposa de Scott, um de meus melhores amigos. Nossos filhos estudaram juntos e todos nos amamos até hoje. Lisa é formada em teatro e mostra a seus alunos do ensino médio o valor de atuar nos palcos. Ela e Scott são profundamente envolvidos com um orfanato em Honduras – www.wwh2h.org.

Mark P. Fisher – Mark lidera uma equipe que organiza retiros durante todo o ano no estuário de Chesapeake Bay e, juntamente com sua mulher, Lori, vem criando uma família que faz boas perguntas – www.sandycove.org.

Pam Mark Hall – cantora e compositora indicada aos prêmios Grammy e Dove, ela fez parte do boom musical da década de 1960. Eu a conheci no fim da década de 1970, mas ela não se lembra disso. Confira sua música e muito mais em www.pammarkhall.com.

Ron Graves – católico irlandês e Homem com "H" maiúsculo, Ron foi jogador semiprofissional de rúgbi durante um quarto de século, dirige um caminhão cheio de lixo tóxico, escreve poesia e mantém um dos diários mais bonitos que já vi, cheio de arte e palavras que me enchem de graça.

E, como sempre, mando um alô sorridente para o cantor e compositor canadense **Bruce Cockburn**, um artista sem igual cuja genialidade como letrista está inevitavelmente presente em algum lugar da minha escrita. O cara tem até seu próprio selo no Canadá! – www.brucecockburn.com.

Título original: *The Shack Devotional*
Copyright © 2012 por Wm. Paul Young
Copyright da tradução © 2012 por GMT Editores Ltda.
Publicado mediante acordo com Windblown Media, Inc.

Todos os direitos reservados. Nenhuma parte deste livro pode ser utilizada ou reproduzida sob quaisquer meios existentes sem autorização por escrito dos editores.

Tradução: Fabiano Morais
Preparo de originais: Regina da Veiga Pereira
Revisão: Ana Grillo, Gypsi Canetti, Hermínia Totti e Umberto Figueiredo
Capa e projeto gráfico: Miriam Lerner
Adaptação de projeto gráfico e diagramação: Valéria Teixeira
Impressão e acabamento: RR Donnelley

CIP-BRASIL. CATALOGAÇÃO-NA-FONTE
SINDICATO NACIONAL DOS EDITORES DE LIVROS, RJ

Y71c	Young, William P., 1955- A cabana: reflexões para cada dia do ano / William P. Young; [tradução de Fabiano Morais]. – Rio de Janeiro: Sextante, 2013. 128 p.: il.; 15 x 15 cm Tradução de: The shack: reflections ISBN: 978-85-7542-889-4 1. Mudança de vida I. Morais, Fabiano. IV. Título.
13-1810	CDD: 204.3 CDU: 2-583

Todos os direitos reservados, no Brasil,
por GMT Editores Ltda.
Rua Voluntários da Pátria, 45 – Gr. 1.404 – Botafogo
22270-000 Rio de Janeiro – RJ
Tel.: (21) 2538-4100 – Fax: (21) 2286-9244
E-mail: atendimento@esextante.com.br
www.sextante.com.br